從文學體察生活　從生活創作文學

王淳美 主編

王淳美、羅夏美、張秀惠、
高碧玉、施寬文 編著

文學與生活

Literature
and Life

編　序

　　本書由南臺科技大學通識教育中心五位教師針對大學所開設「文學與生活」課程，編撰以「問題導向式的教學」（Problem-Based Teaching，簡稱PBT）為單元設計之教材，藉以教導並訓練學生面對現代生活所遭遇各種問題，透過集體討論思考的學習過程，激盪出解決問題的能力，以適應急劇變化的生存環境。

　　本書分為九篇，內容涵蓋生活中會面臨到的生死、環境、理財、審美、處世、情感等問題，計有第一篇「成長篇」，以白先勇的短篇小說〈青春〉探討生命的興衰過程；第二篇「生態篇」，從王家祥的散文〈秋日的聲音〉認知臺灣生態環境；第三篇「經濟篇」，從《用今天的錢打理明天的財富》選文探討經濟學理論中的「機會成本」與「有限理性」；第四篇「美感篇」，從蔣勳《美的覺醒》選文探討如何培養美學素養以欣賞眾生之美；第五篇「智慧篇」，從元朝羅貫中的章回小說《三國演義》節文討論「赤壁之戰」中的應世智慧；第六篇「應變篇」，從美國作家瑪格麗特・米契爾的長篇小說《飄》節文探討亂世佳人郝思嘉，如何成為時代劇變下的贏家和輸家；第七篇「戀愛篇」，以朱天文的短篇小說〈世紀末的華麗〉，論析愛戀的愉悅與虛妄；第八篇「情慾篇」，從王溢嘉的雜文〈柔情與肉慾〉探討擺盪在情慾之間的天秤；第九篇「生死篇」，以古希臘時期的荷馬《伊利亞特》史詩中的兩大英雄阿奇里斯生死決戰赫克特，省思英雄對生死的終極抉擇。

　　本書各篇體例一貫，首先提出「問題意識」，指陳議題的內涵背景，以及在人生中的重要性、議題與生活的連貫性；其次

是「文本背景」，說明選文的作者與內容大要；接著是「文本內容」包含註解；之後由各篇的編撰者提出如何「面對／解決／增進」該問題所帶來的生活困擾、培養如何解決問題的能力、或如何增強該議題的素養與技能等因應之道；最後是「延伸思考」，編撰者提出若干方向，使該議題具有研析的延展性。

　　本書各篇選文兼容古典與現代、兼顧臺灣本土與國際觀，內含世界知名的三大戰爭——希臘與特洛伊的十年大戰、美國的南北戰爭，以及中國的赤壁之戰等。各篇篇首附上與文意相關的插圖，計有「成長篇」：筆者於英國倫敦大英博物館（British Museum）拍的石雕，象徵青春少男俊俏的身形（2010.8）。「生態篇」：由擅長生態攝影的林哲安先生所拍飛翔於天空的紅嘴鷗群，象徵臺灣是侯鳥生態的重要據點。「經濟篇」：張秀惠老師以藍天下的建築工地剪影，象徵每一個步驟都必須謹慎，才能建造穩固的基業。「美感篇」：筆者於人跡罕至的德國鷹巢（Eagle's Nest）——希特勒的昔日行宮，位於德國阿爾卑斯山脈1834米高的奧柏薩爾斯堡山頂所拍的藍色鐘形花（2012.8），象徵每一個即使在險境中的生命，都可以開出一朵花。「智慧篇」：筆者於廈門鼓浪嶼夜拍所得火光四射的畫面（2012.2），象徵赤壁之戰火燒連環船的意象。「應變篇」：筆者於加拿大尼加拉瓜瀑布（Niagara Falls）附近娛樂城所拍《亂世佳人》的電影文宣（2013.2）。「戀愛篇」：筆者於法國巴黎羅浮宮前的拿破崙廣場，拍得華裔建築師貝聿銘所設計的透明玻璃金字塔（2012.8），呼應文本內容。「情慾篇」：筆者於

美國紐約大都會藝術博物館（Metropolitan Museum of Art）拍得男女沉浸於愛之歡愉的石雕（2012.2），呼應文本所述的情慾內涵。「生死篇」：徐國鎧教授於希臘雅典衛城拍攝位於帕德嫩神廟（Parthenon Temple）對面的埃雷赫修神廟（Erechtheum Temple），該廟乃集雅典娜與海神波賽頓兩座神室合一的複合造型（2010.12），象徵希臘與荷馬史詩中的眾神意象。

　　本書所選篇章與插圖照片，皆經過正式簽署授權；適用於大學院校之文學類課程教材，可提供教師教學、學生與社會人士自習所用。內容如有謬誤疏漏，尚請　賢達方家，不吝賜正。

王淳美
謹誌於臺南
2013.2

contents

成長篇

〈青春〉

——惘惘的威脅

羅夏美

問題意識

　　青春的雙眼是燦亮的，青春的臉龐是清新的，青春的身體是愉悅的，青春的夢想是輕快的，青春就是無限的可能性。相對的，年老的雙眼是晦暗的，年老的容顏是衰頹的，年老的身體是朽壞的，年老的夢想是疲憊的，年老就是褪卻人生的高潮。這是每個人必經的生命歷程，一如日繼之以夜，春夏繼之以秋冬。在享受、揮灑、歌頌青春之餘，如何坦然面對老之將至，寂滅之必然，眞是一個艱困的「大哉問」。

　　白先勇的〈青春〉正面迎擊這樣一個千古艱難的議題：小說刻繪青春的天眞活潑與生意盎然，對比於年老的徒事粉飾與大勢已去；從深重的枉然與無奈之中，提煉出獨門的苦汁，將莫可奈何的感慨，昇華成精湛的文學藝術，從而緩解人生的難題，淨化受苦的靈魂。此外，白先勇原有佛教的思想底蘊，這篇小說隱然有著《金剛經》的弦外之音，「一切有爲法，如夢幻泡影，如露亦如電，應作如是觀。」四句偈如是說。面對無盡的生滅與無常，這惘惘[1]的威脅，則青春當珍惜，年老當自在！

文本背景

　　白先勇（1937－）是臺灣旅美文學家，出生於廣西省桂

---

[1] 惘惘，音ㄨㄤˇ ㄨㄤˇ。失意的樣子。「惘惘的威脅」出自小說家張愛玲名句（《傳奇》再版序）。

林，名將白崇禧將軍之子。白先勇少年時期即深受中國古典小說和「五四」新文學[2]作品的浸染。後經戰亂，1950年他隨父母來臺，就讀於建國中學，隨後畢業於臺灣大學外國語文學系。1960年他與臺大同學共同創辦《現代文學》雜誌，引介現代主義[3]文學思潮並推廣現代主義創作，陸續發表了〈月夢〉、〈玉卿嫂〉等多篇小說。1963年赴美留學，開始創作一系列以「紐約客」為題的留學生小說。之後旅居美國，任教於加州大學，出版有短篇小說集《寂寞的十七歲》、《臺北人》、《紐約客》，散文集《驀然回首》，長篇小說《孽子》[4]等。白家原信奉回教，但白先勇接觸過不同宗教後，漸次認同而篤信佛教。白先勇作品擅長於融合中國文學傳統的

2　1917年，胡適、陳獨秀先後在《新青年》雜誌發表文章，提出文學改革的建議。他們主張以白話文學代替文言文學，得到很多人的支持。1919年「五四運動」爆發，知識分子學習西方民主、科學的同時，也革新了體裁形式，使新體詩歌、散文、小說、戲劇等都以嶄新面貌出現。

3　現代主義（Modernism）文學肇始於1890年代，產生背景乃因十九世紀末葉以來，歐美國家歷經劇烈的殖民擴張與經濟發展，都市化與工業化改變了傳統農業社會的基本結構，連帶使得西方人的價值觀受到激烈的衝擊與扭轉。人與自然穩定的連結關係受到顛覆，人與人之間普遍存在著「疏離感」、「陌生感」與「孤獨感」，促使知識分子重新審視人的存在價值與精神內涵。因此現代主義文學可說是以關注「自我」為創作基礎，面對異化現實問題進行的反思書寫。1910迄1930年為其鼎盛時期，重要的現代主義文學經典有卡夫卡（Franz Kafka）《變形記》、喬伊斯（James Joyce）《尤利西斯》、艾略特（T·S· Eliot）《荒原》等。現代主義文學對於臺灣的影響亦相當深遠。1960年代白先勇等人創辦《現代文學》雜誌，現代主義小說創作能量由此迸發，影響及於臺灣眾多小說家。1960年代為臺灣現代主義表現最盛時期，此期作品如白先勇的〈遊園驚夢〉，以意識流手法表現主角錢夫人的心理狀態；王文興的《家變》也是融合現代主義意念與技巧的代表作品，小說藉由主角與父親的親子衝突，表現現代工商社會造成傳統家庭人倫秩序的衝擊，與由此而產生的異化現象。文字方面則特意塑造新奇的詞語與變動的句法語序，形成晦澀文風。

4　白先勇惟一的長篇小說《孽子》發表於1983年，描寫父子骨肉親情，以及臺北部分男同性戀社群的次文化，相當引人注意。2003年，臺灣公共電視臺將其改編拍攝為同名電視劇。

表現方式，以及西洋現代文學的寫作技巧，多著墨於新舊交替、華洋雜處時代的人物與故事，流露著深沉的歷史興衰和人世滄桑感慨。二十一世紀起，白先勇另外深耕幼年時期的另一項雅好，開始創作並推廣崑曲[5]之美。

　　短篇小說〈青春〉發表於1961年3月《現代文學》第七期。一面以濃墨重彩的筆調捕捉著青春的肌理、光澤與能量，一面以冷涼頹喪的筆調流淌著青春的傷逝與回春的欲望。青春及其傷逝，是既遠古又時新的議題，古今中外皆然。白先勇是外文系學者出身，〈青春〉的情節即有些許西方文藝的身影。小說中「赤裸的Adonis[6]」人物故事源自古希臘、羅馬神話，美神維納斯痴迷的愛上了Adonis這個年輕俊美的獵人，追隨他在山野林間打獵嬉戲，後來Adonis打獵不慎致死，維納斯哀痛逾恆[7]，Adonis仙化成山野林間美麗的花朵……。這個故事屢經代代傳誦與改寫，在詩歌、繪畫、雕刻等方面有許多優異美麗的重現。另外，德國諾貝爾文學獎得主湯瑪斯·曼（Paul Thomas Mann）的小說《威尼斯之死》（1929）書寫旅行於義大利的老作家愛上悠遊於海灘的美少年，他竟不想離開被瘟疫所籠罩的威尼斯，爲了博得少年的歡心，他開始染髮整容，好讓自己煥發出青春的姿態。長時間的追逐少年身影，使他筋疲力竭，最終因爲霍亂使他一病不起，孤獨的死在荒涼的海灘上，老人垂死時最後的眼裡，仍是那位百合花一般俊美的少年。類似的故事情節也被義大利導演

5　崑曲是發源於元末明初蘇州崑山的曲唱藝術體系。

6　阿多尼斯（Adonis）是希臘神話中掌管每年植物死而復生的一位非常俊美的神。

7　哀傷悲痛超越常態。

改編成電影《魂斷威尼斯》。白先勇的〈青春〉顯然是從這些西洋文藝中脫胎換骨，進而轉化出獨特的傷逝筆調與美少年原型。論者常將白先勇小說依時間及主題分爲三期：《寂寞的十七歲》少作系列、《臺北人》系列及《紐約客》系列，〈青春〉中首度出現的美少年原型，在日後系列創作中不斷重現，賦予他源源不絕的創作能量。

❧ 青春

白先勇　著

　　太陽已經升到正中了，老畫家還沒有在畫布上塗下他的第一筆，日光像燒得白熱的熔漿，一塊塊甩下來，黏在海面及沙灘上。海水泛著亮白的熱光，沙粒也閃著亮白的熱光，沙灘上的大岩石不停的在冒水煙，煙色熱得發藍，整個海灣都快被蒸化了。

　　老畫家緊捏住畫筆，全神貫注的想將顏料塗到畫布上去，可是每當筆接近布面時，一陣痙攣抖得他整個手臂都控制不住了。額頭上的汗水又開始一滴一滴落到了他的調色盤上，陽光劈頭劈臉的刷下來，四處反射著強烈的光芒，他感到了一陣白色的昏眩。

　　站在岩石的少年模特兒已經褪去衣服，赤裸著身子擺出了一個他所需要的姿勢，在等著他塗下他的第一筆，然而他的手卻不停的在空中戰慄[8]著。

　　早上醒來的時候，陽光從窗外照在他的身上。一

8　戰慄，音ㄓㄢˋ ㄌㄧˋ。因恐懼、寒冷或激動而顫抖。

睜開眼睛，他就覺得心裡有一陣罕有的欲望在激盪著，像陽光一般，熱烘烘的往外迸擠，他想畫，想抓，想去捉捕一些已經失去幾十年了的東西。他跳起來，氣喘喘的奔到鏡前，將頭上變白了的頭髮撮住，一根根連皮帶肉拔掉，把雪花膏厚厚的糊到臉上，一層又一層，直到臉上的皺紋全部遮去為止，然後將一件學生時代紅黑花格的絅襯衫及一條白短褲，緊繃繃的箍到身上去。鏡中現出了一個面色慘白，小腹箍得分開上下兩段的怪人，可是他不管自己醜怪的模樣，他要變得年輕，至少在這一天；他已經等了許多年了，自從第一根白髮在他頭上出現起，他就盼望著這陣想畫想抓的欲望。他一定要在這天完成他最後的傑作，那將是他生命的延長，他的白髮及皺紋的補償。

　　然而他的第一筆卻無法塗到畫布上去。他在調色盤上將嫩黃、淺赭，加上白，再加上紅，合了又合，調了又調，然後用溶劑把顏料洗去，重新用力再合再調，汗水從他的額上流下來，厚層的雪花膏溶解了，他的臉頰上變得黃一塊，白一塊，皺紋又隱隱的現了出來。他想調出一種嫩肉色，嫩得發亮，嫩得帶著草芽上的膩光，那是一種青春的肉色，在十六歲少男韌滑的腰上那塊顏色，但是每次調出來都令他不滿，欲望在他的胸中繼續膨脹，漸漸上升。

　　海水向岸邊緩緩湧來，慢慢升起。一大片白色的水光在海面急湍的浮耀著，絲——絲——絲——嘩啦啦啦——海水拍到了岩石上，白光四處飛濺，像一塊

巨大無比的水晶，驟然粉碎，每一粒碎屑，在強烈的日光下，都變成了一團團晶亮奪目的水花。少年赤裸的身子，被這些水花映成了一具亮白的形體。

「赤裸的Adonis！」（希臘神話中帶女性氣質的美少年）老畫家低聲叫了出來，窩在他胸中那股慾望突的擠上了他的喉頭，他的額上如同火焰一般的燙燒了起來。少年身上的每一寸都蘊涵著他所有失去的青春，勻稱的肌肉，淺褐色的四肢，青白的腰，纖細而結實，全身的線條都是一種優美的弧線，不帶一點成年人凹凸不平的醜惡。他不喜歡Gainsborough[9]的穿著華美衣服的Blue Boy[10]。他要扯去那層人爲的文雅，讓自然的青春赤裸裸的暴露出來，暴露在白熱的日光底下及發亮的海水面前。他要畫一幅赤裸的Adonis，一個站在冒著藍煙岩上赤著身子的少年。老畫家的手顫抖得愈來愈厲害了。太陽將熱量一大堆一大堆傾倒下來，沙上的熱氣嫋嫋[11]上升，從他腳上慢慢爬上去。他手上的汗水，沿著筆桿，一串一串流到調色盤上。他在盤上急切的調著，可是他卻無法調出少年身上那種青春的色彩來。

絲——絲——絲——嘩啦啦啦——又一個浪頭翻了起來，頓時白光亂竄，老畫家感到一陣搖搖欲墜的昏眩。他覺得上下四方都有一片令人喘息的白色向他

---

9 根茲巴羅（Thomas Gainsborough，1727-1788）是英國油畫和風景畫家。

10 藍衣少年（The Blue Boy）是根茲巴羅在1770年所畫的肖像畫。

11 嫋嫋，ㄋㄧㄠˇ ㄋㄧㄠˇ。形容搖曳不定。

逼近，他趕緊抓住了畫架。他看見站在岩石上的少年
卻仍然仰著頭，閉著眼睛，做出了一個振振欲飛的姿
勢。他的心中愈來愈急躁，他要抓住那少年青春的氣
息，不讓它飛跑。他心中一直在催促：「要快，要快
點下筆啊！」可是他的手卻抖得厲害，他焦急的搖了
一搖頭，他實在塗不下去。海浪一個接著一個，啵！
一個，啵！又一下，一朵朵亮白的水花在少年身後不
停的爆炸。慾望在老畫家的喉管中繼續膨脹著，沙上
毒熱的蒸汽熏得他的頭快要裂開似的。陡然間他發出
了一聲無力的呻吟，將調色盤上尚未調好的顏料，一
大片一大片，狂亂地甩到畫布上去。少年仰著頭，海
風輕輕的拂動了他的卷髮，老畫家丟下了畫筆及調色
盤，咬緊牙齒喃喃說道：「我一定要抓住他，我要把
他捉到我的畫上，我一定要——一定要——」

　　「孩子，我們休息一會兒再工作吧！」老畫家蹣
跚的爬上岩石，向少年說道。少年正在白熱的日光下
自我陶醉著，他看見老畫家爬上來，立刻展開了一個
天真的笑容說道：

　　「伯伯，我一點都不累，太陽底下曬得舒服透
了。」他伸了一個懶腰，仰著面，雙手在空中劃了幾
個大圈子。老畫家的心中驟然一緊，少年的一舉一
動，都顯得那麼輕盈，那麼有活力，好像隨時隨地都
可能飛走似的。他感到自己身上的關節在隱隱作痛，
可是他咬緊了牙根，用力往岩石上爬去，少年一蹲一
起，在活動腿上的肌肉，一直露著牙齒向老畫家天真

的笑著。

　　當老畫家快爬到岩石頂的時候，他覺得心房劇烈的跳動起來，少年的每一個動作對他都變成了一重壓力，甚至少年臉上天真的笑容也變成了一種引誘，含了挑逗的敵意。老畫家匍匐在岩石上緊攀著滾燙的石塊往上爬。日光從頭頂上直照下來，少年淺褐色的皮膚曬得起了一層微紅的油光，扁細的腰及圓滑的臀部卻白得溶化了一般，小腹上的青毛又細又柔，曲髦的伏著，向肚臍伸延上去，在陽光之下閃著亮光。

　　「我一定要抓住他！」老畫家爬到岩石頂喃喃的說道。他看到了少年腹下纖細的陰莖，十六歲少男的陰莖，在陽光下天真的豎著，像春天種子剛露出來的嫩芽，幼稚無邪，但卻充滿了青春活力。他心中的慾望驟然膨脹，向體外迸擠了出來。他踉蹌的向少年奔去，少年朝他天真的笑著。他看見少年優美的頸項完全暴露在他眼前，微微凸出的喉骨靈活的上下顫動著。他舉起了雙手，向少年的頸端一把掐去，少年驚叫一聲，拼命的掙扎，他抓住了老畫家的頭髮用力往下撳[12]，老畫家發出了幾聲悶啞的呻吟，鬆了雙手。少年掙脫了身子，立刻轉身後跑，跳到水中，往海灣外游去。

　　絲──絲──沙啦──一個浪頭翻到了岩石上，白色的晶光像亂箭一般，四處射來，一陣強烈的昏眩，老畫家整個人虛脫般癱瘓到岩石上。岩石上蒸發

---

12 撳，音ㄑㄧㄣˋ。用手按。

起來藍色的水煙在他四周緩緩升起，他全身的汗水，陡然外冒。紅黑花格的綢襯衫全沁透了，濕淋淋的緊貼在他身上，汗臭混著雪花膏的濁香一陣陣刺進了他的鼻腔。太陽像條刺藤在他身上使勁的抽撻著，他感到全身都熱得發痛，他的心跳得愈來愈弱，喉嚨乾得裂開了似的。突然間他覺得胃裡翻起一陣作嘔的顫慄，在他身體旁邊，他發現了一群螃蟹的死屍，被強烈的日光曬得枯白。

「我──要──抓──住──他──」老畫家痛苦微弱的叫著，他吃力的掙扎著抬起頭來，整個海面都浮了一層黏稠的白光，他看到少年白色的身體在海面滑動著，像條飛魚往海平線飛去。他虛弱的伸出手在空中抓撈了一陣，然後又整個人軟癱到岩石上，水花跟著浪頭打到他的臉上，打到他的胸上。他感到身體像海浪一般慢慢飄起，再慢慢往下沉去，白色的光在他頭頂漸漸合攏起來，在昏迷中，他彷彿聽到天上有海鳥在乾叫，於是他突然記得有一天，在太陽底下，他張開手臂，欣賞著自己腋下初生出來的那叢細緻亮黑的毛髮。

老畫家乾斃在岩石上的時候，手裡緊抓著一個曬得枯白的死螃蟹。海風把沙灘上的畫架吹倒了，陽光射到了畫布上，上面全是一團團半黃不白的顏料，布角上題著「青春」兩個字，字跡還沒有乾，閃著嫩綠的油光。

〈青春〉——多層次的青春議題及獨特的傷逝筆調

　　白先勇的〈青春〉從西洋文藝及佛教思想中汲取養分，在極短的篇章中，轉化出多層次的青春議題及獨特的傷逝筆調。

　　小說首先禮讚亮麗的青春：少年「青白的腰，纖細而結實，全身的線條都是一種優美的弧線。」、「少年的一舉一動，都顯得那麼輕盈，那麼有活力，好像隨時隨地都可能飛走似的」……熱烈歌頌著青春美麗的生命殿堂——身體。其次是怨嘆醜惡的衰老：老畫家「將頭上變白了的頭髮撮住，一根根連皮帶肉拔掉。」、「鏡中現出了一個面色慘白，小腹箍得分開上下兩段的怪人」……描寫衰老的矯飾與自厭，真是摧折人心，令人哀傷不忍。其三是「抓住青春」的慾望：老畫家「他要變得年輕……這陣想畫想抓的慾望。他一定要在這天完成他最後的傑作，那將是他生命的延長，他的白髮及皺紋的補償。」青春流逝是必然的，但藝術卻可使青春永駐、使感傷昇華。其四是尷尬的「回春」掙扎：老畫家「將一件學生時代紅黑花格的綢襯衫及一條白短褲，緊繃繃的箍到身上去。」人人都有永保青春的想望，老畫家尷尬的回春掙扎，殘酷的揭示這一想望的徒勞與虛妄。其五是由「慾」轉「恨」的心境：「少年的每一個動作對他都變成了一重壓力，甚至少年臉上天真的笑容，也變成了一種引誘，含了挑逗的敵意。」所謂愛之欲其生，惡之欲其死；愛慾與暴力原是矛盾並生。青春之求之不得，令老畫家由愛轉恨，竟而下手欲摧毀青春少年，意圖玉

石俱焚。

　　〈青春〉最顯明的筆法，是對比出青春與衰老：「不帶一點成年人凹凸不平的醜惡，他不喜歡Gainsborough的穿著華美衣服的Blue Boy。他要扯去那層人為的文雅，讓自然的青春赤裸裸的暴露出來。」青春與衰老、自然與人為、裸露與文雅，對比鮮明而簡潔。小說也使用「冷景寫哀情」的手法：「一朵朵亮白的水花在少年身後不停的爆炸。慾望在老畫家的喉管中繼續膨脹著，沙上毒熱的蒸汽熏得他的頭快要裂開似的。」全文情景交融，寫景即是寫情。另外，小說使用的是既聚焦又失焦的特殊視角：以老畫家的雙眼，凝視、特寫少年的頸、腰、軀體之美，將「青春」局部物化、割裂、放大，只強調軀體的審美，卻全然無視於少年的臉龐與靈魂。小說也使用虛實交錯的情境轉換：「他心中的慾望驟然膨脹，向體外迸擠了出來。他跟蹌的向少年奔去，少年朝他天真的笑著。他看見少年優美的頸項完全暴露在他眼前，微微凸出的喉骨靈活的上下顫動著。他舉起了雙手，向少年的頸端一把掐去。少年驚叫一聲，拼命的掙扎。」內在深不可測的黑暗慾望，錯落交織著外在白花花的陽光與青春，營造出迷離恍惚的非現實氛圍。〈青春〉的用典強化了「青春傷逝」的主題，文中Adonis 與「The Blue boy」的典故，增加了文本的文化厚度。小說結尾那映襯手法，真是隨機而自然：「突然間他覺得胃裡翻起一陣作嘔的顫慄，在他身體旁邊，他發現了一群螃蟹的死屍，被強烈的日光晒得枯白。」枯白的螃蟹一如乾斃的老畫家一如未能留駐的青春，終將灰飛煙滅且知其無可奈何！

　　〈青春〉只是精簡書寫老畫家某一日的生活切片，卻能在短短的篇幅中，涵容了佛教深湛的思想、西洋文藝的典故、多

維度的青春議題及多樣化的表現手法，匠心獨運而不露斧鑿痕跡[13]，人物與故事都能深中人心；見微而知著，讀者由此即可領略到白先勇為什麼能成為臺灣文學史上的經典作家。

 延伸思考

1. 青春的你，在日常生活中，如何享受你青春的容顏？如何啟航你遠大的夢想？
2. 青春流逝的你，在日常生活中，如何維持你身心的健康？是否實現了你的夢想，獲致了生命的智慧？
3. 東方文學藝術中，哪一件描寫「青春」的作品最能引起你的共鳴？為什麼？
4. 西方文學藝術中，哪一件描寫「青春」的作品最能引起你的共鳴？為什麼？

---

13 斧鑿痕跡：斧鑿，音ㄈㄨˇ ㄗㄨㄛˋ。用斧頭鑿削。斧鑿痕跡比喻詩文繪畫過於刻意經營，以致顯得造作而不自然。

生態篇

秋日的美麗與覺醒

張秀惠

問題意識

　　隨著科技文明的進展，人類在物質生活上不斷創造歷史上前所未有的便利與舒適，但滿足需求的同時，不自覺地使用過量的不可再生資源、製造許多污染，對大自然直接造成破壞。臺灣在經濟發展中對於環境的傷害亦日漸加劇，但事實上，臺灣生態已超過負荷，繼續剝削自然資源無異殺雞取卵，將導致好山好水一去不回的窘境。

　　例如臺灣野生鳥類據調查約有500種，其中在臺灣留棲繁殖的約有130種，包括特有種15種、特有亞種69種。就臺灣本島的鳥種數量而言，特有種及特有亞種的比例相當高，充分表現出島嶼鳥相的特性。再加上每年9月至翌年4月的冬候鳥，4月至9月的夏候鳥，以及特定季節的過境鳥，將臺灣的天空點綴得繽紛美麗，堪稱賞鳥天堂。但由於濕地、海岸、山坡地及森林遭到過度開發，鳥類的棲息環境受到改變及破壞，加上國人進行不當的放生和獵捕，更使野生鳥類的生存受到莫大的威脅與壓迫。

　　對許多人而言，很多聲音是聽不見的，拒絕聽、拒絕感知，於是用粗暴的態度、粗暴的政策對付脆弱的生態；但滿足物質需求的同時，還是應該思考：人類真正的福祉是什麼？美好的事物如何保持？如何與大自然和諧共處、與動植物和平共生？如何在大自然的美好中，謙卑又自在？在追求更舒適便利的生活時，如何才能達到最少的地貌改變、最少的維護費用、最少的能源耗損、最少的垃圾產出？個人無法自外於環境的影響，現代社會中，如何面對環保議題？公民對政策的監督是切身的責任，但對於環保議題必須奠基於正確的知識，當我

們對自然了解愈多，就愈能知道自己能做什麼，不會成為破壞生態的幫兇，或只是無奈的沉痛嘆息。這種種問題，都有待透過深層的環境教育，以尋求更適當的對應方式。

📖 文本背景

〈秋日的聲音〉描繪秋季中各種美麗奧妙的景象和聲音，除了自然界之外，也觸及臺灣的歷史，並注入環保的議題。

作者王家祥，臺灣高雄人，出生於1966年，在自然寫作與歷史小說方面的表現十分突出。大學念的是森林系，曾任《臺灣時報》副刊主編七年，業餘從事臺灣鄉野生態保育工作，擔任高雄柴山自然公園促進會會長、綠色協會理事長等義務性職務。目前於臺東都蘭經營簡樸的民宿，以提供背包客、孤獨沉思的旅行者便宜的短暫居處為經營理念。曾經獲得時報文學獎、賴和文學獎、吳濁流文學獎等；散文作品常被選入當代散文選集，及作為中小學的國文教材。

王家祥自稱「綠色皮膚的嬉皮」，長時間行走在臺灣的田野、海岸、草澤，紀錄動植物的繁盛與衰亡，既見證臺灣自然之美，也對照出科技的粗暴與人心的無知、混亂。他擅長把自己的體驗，藉由田野材料、歷史文獻和生態意識的辯證，結合臺灣的自然書寫與歷史書寫，詮釋人與土地的倫理，提倡自然保育思想。已出版作品，在自然書寫方面有《文明荒野》、《四季的聲音》、《自然禱告者》、《遇見一棵呼喚你的樹》、《徒步》等；歷史書寫方面有《小矮人之謎》、《關

於拉馬達仙仙與拉荷阿雷》、《山與海》、《倒風內海》、《鱻人》、《魔神仔》等。其中歷史小說《倒風內海》已由導演魏德聖改編為電影劇本《臺灣三部曲》。

〈秋日的聲音〉一文以兼具理性與感性的文字描述，結合生態、田野、歷史、種族，細膩描寫萬物的生命力。諸如臺灣欒樹的風姿、各種候鳥的樣貌，都有極生動入微的刻畫，乃出於作者長期的觀察所得。又如進入臺灣早期歷史，在西拉雅人生活的山林草原，從神聖的儀式中感受原始民族對自然的敬畏與和諧共存。作者於行文間，處處流露對於自然、歷史的敬畏之心，在傾聽秋日內斂細緻的聲音之際，同時向內尋求，於莊嚴處體驗自我、感受神性。全文在感性之中，又以冷靜知性的筆調呈現出客觀的真實，並富於深刻的人文精神，堪稱自然文學[1]的佳作。

秋日的聲音

王家祥　著

臺東大南溪的毛蟹，四月回到大海產卵，六月幼

1　「自然文學（Natural Writing）又稱荒野文學（Wilderness）。所謂自然主義的文學便是以大自然為母體，以優美動人的文句、發人深省的哲思，紀錄自然中的生命型態，人與自然之間微妙或整體的互動。基本上，它有一個基礎的文學架構、濃厚的人文精神、知識性或科學印證的專業觀點，但最重要的是它所具有的強烈來自心靈深處的反省、思考，經由觀察、紀錄等活動，而具備了一定的理論基礎，再加以邏輯辯證所思考出來的觀點，才是它迷人之處。……自然文學便是透過文字的仲介，帶領人們的心靈反省、思考，回到大自然中去，重新開發人與自然的關係。假若人們的心中沒有存在過任何一棵樹，那麼他所生活的環境當然也會寸草不生。假若人們的心中荒漠灰暗，他所生存的環境也會荒漠灰暗。」摘自王家祥：〈我所知道的自然寫作與臺灣土地〉（《自立晚報》本土副刊，1992.9.28）

雛孵化，上溯回溪；至九月漸肥大，十月可捕抓。臺灣欒樹[2]在夏末秋初開黃花，十月結蒴果，由黃轉紅褐；原住民看到曠野上盛開的野生欒樹由黃轉紅，便記得是下溪捕毛蟹的季節。如今，道地本土種野生欒樹，已在城市的行道兩旁穩穩地站立；尤其是秋天，黃花與紅果一齊在綠色的樹冠上燃燒綻放，火紅之姿延燒整條行路，以及行路之上清爽無雲的高空。那是臺灣秋天典型的聲音，黃花與紅果隨風搖動，窸窣作響，只有在少數人的心裡微微揚起。

　　十月，城市之中，夏日與秋季分野混沌未明，秋天來臨的聲音難以傾聽，可是曠野的芒絮已悄悄結實。他們懂得秋季是溫柔豐美又圓滿的日子，秋日的聲音內斂而細緻，時常被不肯離去的夏日尾端喧賓奪主。其實秋季是一直存在的，在溪床的曠野之間，在海岸的草澤地帶，在高山的草原和森林中準時降臨。城市之中，只有將心事結實於胸的人，才記得側耳傾聽吧！

　　其實季節是萬物心境的轉換，秋日的天空時常沒有欲望，看不見一抹雲彩，秋高氣爽似乎意味著心境的圓滿狀態。春日的新生喜悅，叨叨絮絮到夏日的豐盈旺盛，滿溢狂瀉。風雨之後，秋日是一種平和安寧

2　臺灣欒樹：英文名Flamegold，學名Koelreuteria henryi Dummer。臺灣特有原生種，分布於全島低海拔闊葉林陽光強處，從北到南都有。樹的色彩多變化，常做為園景樹和行道樹。高約10-25公尺，樹幹褐色，二回羽狀複葉，小葉卵形。初秋開花，柔黃色的圓錐花簇密生樹頂，遠望如金雨灑落，所以又名「金雨樹」。果實為蒴果，由燈籠狀粉紅色三瓣片合成，成熟時漸轉為紅褐色，直至乾枯成為褐色而掉落。

的靜心，內心既無欲望也就聽不見喧囂的聲音，此時真正的聲音便容易出現了。秋天似乎是為了靜靜等待冬日的死亡蕭寂做準備，曠野上行將死亡的植物時常給我們憂鬱的印象，所以誤以為秋天是憂傷的季節。也許秋天的心境讓我們容易看見深層的自己，彷彿這是大地的韻律，存在已久，只是我們習於不再察覺。對於候鳥們來說，秋天是旅行遷移、改變生活的季節。牠們勇敢往南而下，逃避嚴苛的北國寒冬，如果嚴冬意味著死亡的威脅，候鳥們在每年的秋天準時面對這個生活的課題，與夏日的無憂無慮，食物豐足完全不同。如果那個真正的聲音意味著提醒我們面對死亡的深意，思考生命的存在，像西藏的高僧在高原上體悟死亡是生命的一部分，接近死亡可以帶來真正的覺醒和生命觀的改變。佛陀教導我們要往內看，仔細傾聽內心深處真正的聲音，那聲音就是心性，生和死皆在心中，不在別處。心是一切經驗的基礎，它創造了快樂，也創造了痛苦；創造了生，也創造了死，體悟心性就是體悟萬事萬物的本質。佛陀說我們的存在就像秋天的雲那麼短暫，我們的心性卻永遠不變，連死亡也無法觸及，真正的心性就有如天空般無邊無際，自由開放，而慾念心的混亂則是飛過天邊的雲。

對於一年生的草本植物而言，秋天是全力盛裝正視死亡的美麗季節。秋天的雲最短暫，秋天的欲望最少，秋天最接近死亡，秋天是生命覺醒和改變的最佳季節；所以秋天一點也不憂鬱，秋天無歡亦無悲，清

明爽朗。秋天的聲音細緻內斂，難以傾聽。

　　漢人曆法中九月是秋天的起端，正是西南海岸的平埔族³釋放向魂的開向祭⁴舉行之際；所謂向魂指的是大地上一切的魂靈。西拉雅人以月亮陰晴圓缺謹記奉祀祖先阿立的儀式要月月遵行，永傳後世。西拉雅人以身體髮膚的感受和眼觀萬物遞嬗輪替來判斷節氣與四季的律動，因此安慰向魂的祭典舉行之際，雖已是漢人曆法中白露之後，霜降之前的秋分⁵，在古稱倒風內海⁶的西南海岸野原上仍是獵鹿人赤身裸體的夏季，暑氣依舊逼人。只有敏感的伊尼卜司（女巫）必須細心注意節氣的變化，在早晨的露水漸漸增多轉寒之後，直到降霜於田野之前的那段陰晴圓缺，便是決定安慰向魂的時機了。記得將壺中鎮壓向魂伊尼青葉（澤蘭）從向水裡拿開，釋放被禁閉整個春夏的魂靈們回到世間優遊。

3　平埔族：對居住在臺灣平野地區各南島語系原住民族群的泛稱。

4　「阿立祖」為臺灣平埔族原住民西拉雅族的祖靈信仰，是「向」（也可以稱「向魂」）的掌管者。「向」具有泛靈信仰的表徵，崇信宇宙間永生不滅的靈魂，祀壺中的水是其留駐所在。儀式專家「尪姨」透過「做向」得到阿立祖法力，操控「向」，使人趨吉避凶。阿立祖的年度祭儀通常在秋收之後，於社群祭壇「公廨」舉辦，主要儀式為「開向」，之後族人可飲酒歌舞，次年春再舉行「禁向」，同時停止一切歌舞活動。

5　中國古代訂立一種用來指導農事的補充曆法，以氣候分為二十四個時節，稱為二十四節氣。包括：立春、雨水、驚蟄、春分、清明、穀雨、立夏、小滿、芒種、夏至、小暑、大暑、立秋、處暑、白露、秋分、寒露、霜降、立冬、小雪、大雪、冬至、小寒、大寒。

6　倒風內海：指十七世紀臺灣南部，古曾文溪三角洲向西北延伸成蕭壠半島與蚊佳半島，將沿海分成倒風內海及臺江內海。倒風內海範圍包含現今臺南市北門區、新營區、學甲區、佳里區、鹽水區、下營區、麻豆區一帶。

魂靈們在秋天群起回到世間優遊的聲音我們聽不見，那是生命死亡後的聲音。生命發生的聲音有些是聽不見卻看得見的，某些聲音可以在心中滋長，甚至變得很喧囂，耳畔卻沒有任何聲響，只有西拉雅的女巫聽得見向魂渴望秋天的聲音吧！相信魂靈們繼續在世間遊蕩的聲音從來不曾離去，西拉雅人於田野上響起的賽戲[7]祭歌在秋天卻逐漸消失了！我們在臺灣古文獻上聽見的獵鹿人奔馳在疏林草原的聲音已成絕響！看見的秋日祭歌已經不在公廨[8]廣場上迴盪悠揚！

　　西拉雅人知道，秋日草野的氣息真正來臨是從霜降之後，粟米成熟的那個月圓之夜，在那一夜要舉行祖先阿立誕辰的狂歡夜祭。粟米總在夏天拚命成長，秋天收成，從夜祭之後便是真正的秋天了！那是漢人曆法小雪以後的十月十五日，草木開始枯黃蕭瑟，鹿群必須集體遷移南下，尋找尚未枯死的青草與耐寒的新葉，也是獵人們群集出動，在草野上圍獵鹿群的時節。

　　那是四百年前的秋天臺灣原野典型的聲音，鹿群踏動大地，獵人放火燎原。野火吞沒枯黃草木猛暴巨

7　賽戲：平埔族過年、農穫完畢或狩獵之後舉行的歡唱儀式。西拉雅人過年沒有固定日子，大抵以九、十月秋收後就賽戲過年。賽戲時男女老幼穿戴美麗的衣服和飾品，例如男孩喜歡以五色鳥羽結成帽子，女孩用藤蔓編織成環別上花朵戴在頭上，族人互相酬酢，即興創作歌謠，即興起舞歡唱。

8　公廨：臺灣原住民村落的會所。十七世紀時作為訓練戰技的場地或村中的議事處，今日的公廨以壺、瓶、罐盛「向水」奉祀阿立祖、阿立母或太祖，是舉行「開向」、「禁向」，或敬神祈福、飲酒、歌舞、射獵的公共建物。

響，已經驅趕驚惶奔走的鹿群從草原深處竄出，迎面撞上狂呼吶喊，手持標槍的獵人許多世代了。數百年前秋天原野上的生態一直維持如此生與死的平衡，草原靠大火重生，卸去枯死的屍體，待明年春雨後新生，鹿群需要新生的草原，而放火的獵人需要繁衍不斷的鹿群；直到漢人入侵將疏林草原開墾，這些聲音變得久遠而不再響起。

夏末秋初，待在大肚溪口繁殖育雛的小燕鷗[9]，正準備沿著西海岸南下。由於繫放的資料尚未齊全，沒有人知道這群夏季在臺灣育雛的小燕鷗，確切的度冬區在那裡。小燕鷗在臺灣大多被歸類為夏候鳥[10]以及少數的留鳥[11]，秋天離開臺灣往南而去吧！另一批白翅黑燕鷗[12]以及黑腹燕鷗[13]則領著雛鳥們剛從北方

---

[9] 小燕鷗：英文名Little Tern，學名Sterna albifroms。珍貴稀有的夏候鳥及過境鳥，少部分為留鳥。通常出現在河口、海岸、沼澤、內陸湖泊及魚塭等地。體型纖細，嘴尖細，翼狹長，尾長分叉。集體築巢於島嶼懸崖或海邊砂礫地，以小魚和蝦類為主食，覓食時在低空定點鼓翅滯留，嘴尖朝下，兩眼注視水面，一旦發現獵物就像利箭般垂直衝入水中捕捉，而後直接自水中拍翅垂直升空，不在水面浮游。

[10] 夏候鳥：有遷徙行為的鳥類，每年春秋兩季沿著固定的路線往返於繁殖地和避寒地之間。在它的避寒地被稱為冬候鳥，在繁殖地則為夏候鳥，在它往返於避寒地和繁殖地途中所經過的區域則為旅鳥。在一定廣域範圍內，夏居山林，冬居平原，則為漂鳥。

[11] 留鳥：沒有遷徙行為的鳥類，常年不離開出生的巢區，或只進行不定向和短距離的遷移。

[12] 白翅黑燕鷗：英文名White-winged Black Tern，學名Chlidonias leucopterus。普遍冬候鳥，常成群飛翔於河川、沼澤、埤塘、潮間帶等水域，以小魚蝦、昆蟲為食，常以俯衝或低空獵食方式取食。繁殖地在西伯利亞、蒙古、中國東北，冬季遷移至中南半島、馬來半島、菲律賓群島、澳洲，在臺灣分布於沿海魚塭、濕地等環境，以中南部紀錄較多。

[13] 黑腹燕鷗：英文名Whiskered Tern，學名Chlidonias hybridus。普遍的過境鳥及部分冬候鳥，北上遷移過境期在四月至五月，南下遷移則集中在九月至十月。喜成群活

飛抵西南海岸的潟湖[14]沼澤，打算停留在此地過冬。
小燕鷗隨著夏天的腳步剛走，白翅及黑腹便乘著秋天
而來。不管是夏候或冬候鳥的幼雛皆已學會飛翔，在
秋天展開牠生命的首次變遷。巧得是無論小燕鷗、白
翅黑燕鷗或黑腹燕鷗，褪去豔麗的夏季特徵之後，所
展現的冬羽彼此非常類似，因此不明就裡的人還以爲
西南海岸的天空，海鷗來來往往，一直不曾遠離。

　　據鳥友們的觀察，在澎湖離島育雛的一群紅嘴
鷗[15]，夏末秋初便領著剛學會飛行的雛鳥，越過臺灣
海峽，來到西南海岸廣闊的鹽田濕地上練習飛翔，秋
日的味道漸濃之後，反而不知去向。而十一月初來到
西南海岸紅嘴鷗，卻是另一批在北方育雛的貴客，度
冬區在臺灣，約略有一萬五千隻；鳥友們經由長年累
季義務的繫放[16]工作，將張網捕放的過境候鳥套上腳
環或判讀已經帶有腳環的紀錄，憑著曾經被繫放的候
鳥身上的腳環出處，逐年累積資料，一點一滴解開候

動，出現於海灣、潮間帶、河口、魚塘、水田及草澤等環境，臺灣西南沿海濕地可紀
錄到上千隻鳥群。以淺啄式或空中定點淺啄水面的方式取食，偶爾會俯衝至水中捕食
小魚，常在水邊或水田上空追捕昆蟲。

[14] 潟湖：海灣的出海口處由於泥沙沉積形成了沙洲，繼而將海灣與海洋分隔，成為湖
泊。

[15] 紅嘴鷗：英文名Black-headed-Gull，學名Larus ridibundus。普遍冬候鳥，於十一月
至翌年四月出現在河口、海濱、魚塭、漁港和沼澤地。群聚性，飛行為緩慢而穩定的
振翅。適應性很高，覓食方法及食物種類隨著地區、季節及食物豐富度而異，會在農
地上慢步啄食，或低空巡弋，在水面游泳啄食；食物為昆蟲、蚯蚓、魚類等。

[16] 繫放：將野生鳥類捕捉後進行基本數據的測量搜集，並套上人工製作的標有惟一編碼
的腳環、頸環、翅環、翅旗等標誌物，再放歸野外，用以搜集研究鳥類遷徙路線、繁
殖、分類數據等。

鳥們在美麗的秋天及春天的天空與海岸，繁複構成的生命路線。那些腳環總在秋天從千里迢遙之外準時抵達，帶著迷惑或解答的聲音，繼續一站又一站的旅途，由從前一位不知名的鳥人手中交由下一位，疲憊卻勇敢的陷網鳥兒虛弱的振翅之聲，連絡了兩地同樣渴望解開生命謎底的聲音。

夏末是深水式捕魚的小燕鷗，飛翔於廣闊的海岸凌空入水的聲音。小燕鷗看準目標，俯衝入水之後並不馬上拉起，潛水的剎那聲響沉穩地漫散於水深的魚塭或河口地帶。秋意漸濃之後則換作白翅黑燕鷗等如燕子取水般的淺水捕魚之聲，愉悅輕快地在銀色的鹽田上濺起微微四散的水花。西南海岸的秋天，光是鷗科的鳥類便如此地繁複交錯，來來去去；飛翔的聲音，捕食的聲音，聚集棲息的聲音，在經常無雲的天空，銀青色的水域，伴隨著海潮亙常的律動。

我還聽得見風吹過耳畔的聲音，帶來鷸鴴[17]在空中清脆的啼鳴，巨大的蒼鷺[18]緩緩鼓動羽翼以及澤

---

[17] 鷸鴴：鷸科（學名Scolopacidae）跟鴴科（學名Charadriidae）是臺灣濱海濕地冬季及春、秋過境期間最主要的鳥種，棲息於各種灘地、淺水魚塭及潮間帶。鷸科跟鴴科水鳥的羽色多偏灰色或褐色，為小型涉禽。鴴科鳥類的嘴硬，沒有神經，但視力發達，因此常可看到鴴科鳥類在泥灘上為捕食小生物而奔跑。鷸科鳥類的嘴則較為柔軟，有神經分布，依靠嘴巴去感覺食物的存在，所以會不斷在泥地啄食。鷸科廣泛分布於全世界，夏季在北方繁殖，成群南遷，途中停留一至二個月後再南下，在南半球避寒，春季以同一路線北上回歸，是典型的候鳥。臺灣有紀錄的鷸科共四十九種。大肚溪口有廣大泥灘地和草澤，是鷸科、鴴科水鳥的聚集地，常見的鷸科鳥類如濱鷸、青足鷸、赤足鷸、翻石鷸、鷹斑鷸、田鷸，常見的鴴科鳥類則有東方環頸鴴、蒙古鴴、金斑鴴。

[18] 蒼鷺：英文名Gray Heron，學名Ardea cinerea。普遍冬候鳥，嘴長、腳長、頸長的涉禽，飛行時頸部縮成S型，飛行路線呈一直線，雙翼灰黑兩色分明，呈弓形鼓動緩

鷂[19]翻飛於湖沼上空，驚起群鴨的聲音。我彷彿也聽得見海洋倒退，地層陷落，嘈雜的抽沙機正在偷偷搗毀魚貝類繁殖的海床，喧囂的推土機正瘋狂填高海岸沼澤，愚痴地想與大海爭地。可是海岸陷落，漁民捕不到魚的聲音很微弱，在秋天裡幾乎聽不到，那些忙碌的企業家與政府官員聽不到。

大海咬掉土地的聲音從來沒有驚嚇過那些炒作土地的財團或管理國土的官員，他們不斷在海岸建造自以為是的海堤，代表人類無知而混亂的欲望。事實證明，那些摻雜著欲望和私心的所謂「人定勝天」的工程，在過去往往不堪一擊。他們迷信科技，但卻忘了背後的種種欲望可以掌控科技，甚至扭曲科技，於是科技在臺灣變得粗暴而無知。科技本身沒有錯，但科技之上還有更重要的人文精神，人的精神可以盲目造出昂貴而無用的水泥建物抵擋大自然，人的精神也可以巧妙地運用自然本身的律則閃避自然的災厄，那也是科技而且成本低廉。畢竟適當保留海岸濕地並不需要花費多少錢，懂得運用濕地沼澤柔軟天生的緩衝力量保護海岸，才是智慧的科技。他們的粗暴源自於不願傾聽濕地沼澤應付海潮侵蝕的巨大力量，他們一直

慢。於十月到翌年四月間活動於海邊、河口、池塘及沼澤地，夜間或漲潮時棲於紅樹林或防風林，以魚類、昆蟲類、兩生類為主食。臺北淡水河沿岸、新竹港南、臺南四草皆有觀察紀錄。

19 澤鷂：英文名Marsh Harrier，學名Circus spilonotus。稀有的冬候鳥及不普遍的過境鳥，出現於海邊、池塘、草原、農田等濕地。嘴爪彎曲銳利，以鼠類、小鳥、昆蟲為食。夜棲於草叢中，日出時即低飛巡弋於沼澤上空，發現獵物時先定點飛行，再垂直撲擊。中午時常於地面、草叢或獨立樹上棲息。

聽不見自己內心眞正的聲音。

西南海岸的野生鹿群不會在秋天面臨死亡的威脅了，他們的聲音已經自大多數人們的心中撤離。惟有讀起古文獻的人，才會在書中再度看見絕種的野生梅花鹿踩動大地的聲音。

難道連秋天最後一陣沼澤吹來的風也要趕盡殺絕？

選自《四季的聲音》——晨星出版社

傾聽「秋日的聲音」，開啓心靈與自然的對話

〈秋日的聲音〉文中描述秋日的聲音主要有下列四個層次：

一是內在的聲音：秋日是平和安寧的靜心，內心既無欲望也就聽不見喧囂的聲音，此時眞正的聲音便容易出現。眞正的聲音意味著提醒面對死亡的深意，思考生命的存在。

二是過去的聲音：四百年前秋天臺灣原野典型的聲音，包括西拉雅人於田野上響起的賽戲祭歌、獵鹿人奔馳在疏林草原的聲音、鹿群踏動大地的聲音、獵人放火燎原，野火吞沒枯黃草木猛暴的巨響，以及魂靈在秋天群起回到世間優遊的聲音。

三是海邊候鳥的聲音：候鳥飛翔的聲音、捕食的聲音、聚集棲息的聲音，例如：小燕鷗飛翔於廣闊的海岸凌空入水的聲音、白翅黑燕鷗如燕子取水般的淺水捕魚之聲、風吹過耳畔的

聲音帶來鷸鴴在空中清脆的啼鳴、巨大的蒼鷺緩緩鼓動羽翼以及澤鳶翻飛於湖沼上空,驚起群鴨的聲音;還有疲憊卻勇敢的陷網鳥兒虛弱的振翅之聲,聯絡了兩地同樣渴望解開生命謎底的聲音。

四是人為的粗暴的聲音:沼澤濕地天生可以緩衝保護海岸,但嘈雜的抽砂機正偷偷搗毀魚貝類繁殖的海床,喧囂的推土機正瘋狂填高海岸沼澤。

臺灣西海岸隨季節響起的候鳥的聲音,是秋日的天籟,為何每年有數以百萬的候鳥群於臺灣棲息、覓食或育雛?因為臺灣西海岸連串的濕地群,使臺灣成為東亞候鳥航道上的必經中繼站。依據國際濕地亞太分會(Wetlands International Asia Pacific)的認定,臺灣有二十二處重要的候鳥棲息地,半數以上位處西海岸。西海岸為數眾多的河口地帶、潟湖、草澤及人造的鹽田地域,提供了水鳥豐富的生存條件。

候鳥為完成生命週期,飛越數千公里,克服嚴厲的天氣考驗,穿過不同的氣候帶和棲息環境,長久來就被認為是自然的奇景。途中需不斷的補充能量以完成飛行,因此非常倚賴適當的濕地。沿海濕地過度開發,造成濕地功能消失或污染,則直接危及整個生態的平衡。有鑒於此,科學家已開始重視濕地的保護[20],臺灣作為候鳥遷移的重要據點,當然不能在這個國際性的合作計畫中缺席[21]。

---

[20] 2月2日是世界濕地日,由國際濕地公約常委會於1996年10月確立,以便開展各種活動來提高公眾對濕地的認識,促進濕地保護。1971年2月2日,在伊朗的拉姆薩爾簽署了全球性政府間的保護公約《關於特別是作為水禽棲息地的國際重要濕地公約》,簡稱《濕地公約》。

[21] 我國內政部營建署為了推動國家重要濕地保育作業並增進國際保育經驗與知識的交

　　臺灣留存的美麗荒野愈來愈少，許多值得特別保護留存的地方，因為大部分人不清楚它的價值與美好而輕易破壞。如果人們對於土地的認知只專注在經濟價值上，對於美學、情感、歷史的認知只停留在有用無用的思考，就聽不見大自然幽微的聲音，也看不見自然真正的價值。人類與天地萬物是生命共同體，違反自然法則的行為愈多，物種滅絕的速度愈快，傷害自己的程度也愈深。惟有懷抱謙卑之心，尊重大自然，才能讓大地療傷、恢復元氣，人也才有安居的可能。

　　對於自然生態，除了環境保護的態度之外，其實更可以從大自然中得到許多心靈慰藉。亨利‧梭羅（Thoreau, Henry David, 1817-1862）曾在他美麗而安靜的湖濱小屋寫下了他對自然的體會：「有時候在自然界的對象中，你可以找到最甜美的、最溫柔的、最純潔的與令人鼓舞的社會關係，即使對最可憐的厭世者和最憂鬱的人，都是如此。凡是生活在自然界而又仍有心靈感官的人，便不可能那麼不可自拔的憂鬱。不論何等的風雨，在一個健康而純潔的人聽來，都有如風奏琴的音樂。沒有任何事情可以把單純而勇敢的人逼入卑俗的悲傷境地。」[22]

　　作為自然界的一分子，人與天地萬物的關係為何？〈怎麼

流，於2008年2月2日加入國際濕地科學家學會（SWS）成為會員，同年辦理第一屆亞洲濕地大會，會議期間與國際濕地科學家學會簽訂合作備忘錄，承諾將持續進行國際合作交流，以落實我國濕地保育的目標並提昇我國的國際形象。繼於2009年簽署「2010-2015濕地區域行動計畫（RSPA）合作備忘錄」，藉由2012年臺灣濕地保育國際交流合作計畫之執行，使我國濕地保育與國際濕地保育行動接軌，並促使我國濕地發展建立復育、保育、教育之目標。以上資料見方偉達：《2012年臺灣濕地保育國際交流合作計畫》（臺北：內政部營建署城鄉發展分署，2013）

22 梭羅著，孟祥森譯：《華爾騰——湖濱散記》（臺北：遠景，1991）頁129。

能夠出賣空氣？〉[23]文中對此有非常美麗的描述：「在我的人民心中，這土地每一部分都是神聖的。每一根閃亮的松針，每一片溫柔的海岸，每一縷黑森林中的水氣，每一塊林中空地，每一隻振翅鳴叫的昆蟲，在我人民的記憶與經驗中都是神聖的。……我們的逝者永遠都念戀這地上湍急的河川、春日寂靜的足印、池水晶亮的漣漪和鳥類炫麗的色彩。我們是這土地的一部分，這土地也是我們的一部分。芬芳的花朵是我們的姊妹；鹿、馬與老鷹，是我們的兄弟。峭巖絕壁，草莖中的汁液，馬身上的體溫，和人，都是同一家族。」這段文字洋溢著對山川草木禽獸萬物的不捨之情，充分表現人與自然的親密關係，也是動人肺腑的深度生態觀。

現代人在高度競爭的壓力下，常陷於盲目的忙亂中，內心喧囂紛雜，難以辨認真正的聲音。若能傾心感受自然的奧祕，在大自然永恆不斷的遞嬗更迭中，進行自我生命的內在省思，從而調整自己的生命態度，正是開啟一個永恆的對話窗口。

---

[23] 1850年代，美國政府向西岸的西雅圖酋長提議要收購他們的土地，並願意設置保留區，容許他們的族人有足夠的空間過日子。據當時的報紙記載，當時西雅圖酋長手指著天空，開始了一段發人深省的演說，他誠懇的呼求，人與人、人與土地應該和諧共處，其中流露出他對土地的戀戀不捨之情，儼然成為愛護自然的先聲，也是最早、最古老的自然文學的代表作。1970年地球日活動期間，劇作家佩瑞受到西雅圖酋長演說的啟發，而重新寫作〈怎麼能出賣空氣？〉一文。收入西雅圖酋長著，孟祥森譯：《西雅圖的天空》（臺北：星月書屋，1998）

延伸思考

1. 大自然對你的意義是什麼？
2. 關於秋日的聲音，你有哪些印象深刻的經驗？
3. 本文對候鳥生態的描述細膩生動，顯見有長期的觀察與研究為基礎。對於一個業餘的愛好者而言，可以透過哪些途徑增加相關的知識？

經濟篇

「機會成本」與「有限理性」

張秀惠

問題意識

臨時缺日用品，大賣場較便宜，但是路程較遠；附近的便利超商很方便，可是價格較貴，去哪裡買呢？同樣的旅遊預算，去年可以去日本，今年卻只能去韓國，為什麼？要不要參加團購？網拍有什麼玄機？打工划不划算？大學延畢的成本多少？大學畢業之後要不要讀研究所？考上研究所要先念書還是先服兵役？電視新聞中耳熟能詳的「空頭市場」、「多頭市場」是什麼意思？什麼是「物價指數」？什麼是「邊際效用」？貨幣升值、貶值對自己有什麼影響？「生產率」、「通貨膨脹」跟生活有什麼關係？凡此種種，不論是充斥生活中的各種商業術語，或針對人生大小事所做的決策，都與經濟學息息相關。

經濟（economy）[1]，是指一定範圍（國家、區域）內組織一切生產、分配、流通和消費活動與關係的系統之總稱。經濟學是一門研究人類行為及如何將有限或者稀缺資源進行合理配置的社會科學。經濟學主要分成「個體經濟學」和「總體經濟學」。「個體經濟學」研究的是個體或個體與其他個體間的決策問題，這些問題包括了經濟物品的消費、生產過程中稀

1　「經濟」的英文economy源自古希臘語，本來涵義是指治理家庭財物的方法，到了近代範圍擴大為治理國家。中文的「經濟」出自東晉時代葛洪《抱朴子　內篇》中的「經世濟俗」，意為治理天下，救濟百姓。隋朝王通在《文中子　禮樂篇》則提出了「經濟」一詞：「皆有經濟之道，謂經國濟民」，「經濟」在此是「經國濟民」的簡稱，意思包括「政治統治」和「社會管理」。日本江戶後期至明治時期，歐美思潮湧入日本，日本學者開始用「經濟」指貨幣經濟發展帶來的種種活動。這種與金錢財物等實際問題相關的定義逐漸在日本流行，而後用「經濟」一詞翻譯英文的「political economy」的譯法被梁啓超引入漢語，並進而取代了經濟一詞在漢語中的原本涵義。

少資源的投入、資源的分配、分配機制上的選擇等。「總體經濟學」則以地區、國家層面作為研究對象，常見的分析包括收入與生產、貨幣、物價、就業、國際貿易等問題。由此可以看出：小至個人的生活，大至人類的生存和發展，都在經濟學的範疇。

隨著經濟全球化和市場經濟的發展，經濟學的魅力正與日俱增，現實生活的需要也促使我們必須學習和了解經濟學。面對充滿規則卻又撲朔迷離的快節奏的社會，如何用經濟學的眼光和方法去思考、分析問題，明白事物的真實面相，是現代人迫切需要的能力。

文本背景

本單元選文出自黃曉林、何豔麗編著的《用今天的錢打理明天的財富》。本書為集知識性、趣味性為一體的經濟學讀物，從大眾最關注的社會經濟現象入手，用詼諧幽默的手法勾勒出當代社會繁複的經濟金融環境，並對大眾習以為常的經濟現象進行深入淺出的解釋，幫助讀者觸及經濟學的本質，在樂趣中學會有用的經濟學知識。全書共有六十一篇，分為入門、基礎原理、資訊、博弈、投資、市場、消費行為、消費心理等八章，每篇藉由故事、生活實例說明經濟學理論，文字簡明易懂，能讓畏懼艱澀理論的讀者全方位的認識多層次和多角度的經濟世界。

機會成本——魚和熊掌不能兼得 黃曉林、何豔麗 著

【經濟學故事】

《藝文類聚》[2]裡講述了這樣一個故事[3]。

齊國有一個人家的女兒，有兩家男子同時來求婚。東家的男子長得醜，但是很有錢；西家的男子長得俊美，但是很窮。父母一時間陷入了兩難之中，不知道該如何抉擇，因為無論選擇哪個都會有所失。

於是父母便徵詢女兒的意見：「你自己決定想嫁給哪一位，要是難以啟齒不便明說，就以袒露一隻胳膊的方式，讓我們知道你的意思。」

結果，女兒袒露出兩隻胳膊。

父母感到奇怪，問其原因，女兒說：「想在東家吃飯，在西家住宿。」

【經濟學課堂】

機會成本是指為了得到某種東西而放棄的另一樣東西。簡單來說，可以理解為把一定資源投入某一用途後，所放棄的在其他用途中能獲得的利益。我們在

2　《藝文類聚》：唐代歐陽詢等人奉唐高祖敕撰，一百卷，一百餘萬字，徵引古籍1431種，分46部，設727個子目，分類按目編次，保存了唐代以前大量的詩文歌賦資料，是中國現存最早的類書之一。中國類書的編纂目的，一是便於帝王披閱瀏覽，二是供知識分子賦詩撰文時檢索事類詞藻。所謂「類書」，性質接近今日的百科全書，但通常只作編輯，未若百科全書對知識內容進行綜合歸納。

3　此故事出於《藝文類聚》卷四十，〈禮部下〉「婚」第11條：「《風俗通》曰：兩袒，俗說齊人有女，二人求之，東家子醜而富，西家子好而貧，父母疑不能決，問其女定所欲適，難指斥言者，偏袒令我知之，女便兩袒，怪問其故，云欲東家食，西家宿，此為兩袒者也。」

一件事情上權衡利弊，然後做出選擇，所放棄的選擇中價值最高者，就是機會成本[4]。

關於機會成本，必須明確以下幾點：

一是機會成本中的機會必須是你可選擇的項目。若不是你可選擇的項目便不屬於你的機會。比如農民若只會種水稻、種蔬菜和養豬，搞房地產就不是農民的機會；又比如你只想吃豆沙糕或者巧克力薄餅，那麼吃油條就不是你的機會。

二是機會成本必須是指放棄的機會中收益最高的項目。放棄的機會中收益最高的項目才是機會成本，即機會成本不是放棄項目的收益總和。例如農民只能在種水稻、種蔬菜和養豬中選擇一個，三者的收益關係為養豬大於種蔬菜大於種水稻，那麼種水稻和種蔬菜的機會成本都是養豬，而養豬的機會成本僅為種蔬菜。

經濟學假設人們在理性的指導下，將有限的資源進行最優化的資源配置，以實現效益的最大化。產生機會成本是因為資源稀缺，由於任何一種資源都是有限的，而有限的資源又可以有多種用途，把資源用於某種用途就意味著同時放棄其他選擇。

值得注意的是，有些機會成本是可以用貨幣進行

4　機會成本（opportunity cost）：是經濟行為裡很關鍵的觀念。當把資源（如資本、技術、勞力、時間……）用在某一件事，就會放棄其他原本可能的機會，其中那個最有價值的機會就是機會成本。機會成本是其他最佳選擇（the best alternative）的價值。對公司來說，利用一定的時間或資源生產一種商品時，失去的利用這些資源生產其他最佳替代品的機會就是機會成本。

衡量的；比如，要在某塊土地上發展養殖業，在建立養兔場還是養雞場之間進行選擇。由於二者只能選擇其一，如果選擇養兔就不能養雞，養兔的機會成本就是放棄養雞的收益。在這種情況下，人們可以根據對市場的預期估算出機會成本的數額，從而做出選擇。但是有些機會成本是無法用貨幣來衡量的，因爲涉及了人們的情感、觀念等。

【經濟學茶座】

生活中到處存在著機會成本，我們必須不斷地決定如何使用我們有限的時間或收入。當你決定是否購買汽車，或是否上研究所時，你必須考慮做出選擇，同時付出機會成本。以下我們以讀研究所爲例來作分析。

先算一下考研究所方面的機會成本。首先，是金錢方面的成本。據報導，研究所的報名費用約一千五百元，若多考幾所，五千元到一萬元是跑不掉的。其次，是心理壓力成本。幾乎每個考過試的人都認爲那段時間（復習時間）非常難熬，來自社會、家庭以及自身的壓力都很大。特別是家庭狀況不是很好的考生，考研意味著不僅不能爲家裡增加收入，還要繼續向家裡要錢。最後，是時間方面的成本，考研者的時間成本都大於其直接用於考研的時間，考的次數越多，時間成本也越大。捨棄求學的例子中較爲典型

的就是比爾‧蓋茲[5]了，他休學創業，而不是繼續求學。如果真的選擇後者，說不定他就錯過了時機，成就不了今日的微軟[6]。從某種意義上說，那些考研者是不是錯過了很多機遇呢？這也很難說呢！

念研究所也應該考慮機會成本的問題。首先，仔細考慮一下，考上了這個專業的研究生，三年之後，你的就業方向和出路在哪裡？這樣的出路是否令你感到滿意，是否令你覺得為其付出三年的時光是非常值得的？再想一想，自己所要考的專業以及這個專業的畢業生所從事的工作是你真正喜歡的，還是迫於形勢而做出的選擇。要知道，一個人只有熱愛他的工作，對他的工作時刻保有興趣和激情，才能做出好的成績。最後還要考慮，考上這個專業的研究生，是否能為你將來的就業增加一定分量的砝碼[7]，當然，這個砝碼並非單指一紙文憑，還應該包括你自身學識的累積和能力的提高。

思考過以上的問題後，如果你的考研信念仍然堅定不移，那麼考研就是你的最優選擇，就應靜下心來全力以赴地準備考試；如果你對自己是否考研產生了

5　比爾‧蓋茲（Bill Gates，1955－）：美國著名企業家、軟體工程師、慈善家以及微軟公司的董事長，與保羅‧艾倫（Paul Gardner Allen，1953－）一起創建微軟公司，曾任微軟CEO和首席軟體設計師。

6　微軟（Microsoft Corporation）：是美國一家跨國電腦科技公司，以研發、製造、授權和提供廣泛的電腦軟體服務業務為主。公司於1975年由比爾‧蓋茲和保羅‧艾倫創立。

7　砝碼：以天平稱物時，用來計算重量的標準器，用銅鉛等金屬製成，有輕重大小的差別。

動搖，那麼，奉勸你應該勇敢面對現實問題，不要盲目做出選擇。

選擇任何一方都意味著放棄其他各項，因此需要我們認清機會成本，確定所獲利益高於成本，才能走好下一步。

有限理性──你是聰明的傻子嗎 黃曉林、何豔麗 著

【經濟學故事】

某商店正在清倉大拍賣。其中，一套餐具有八個菜碟、八個湯碗和八個點心碗，共二十四件，每件都完好無損。同時有一套餐具，共四十件，其中有二十四件和前面那套的種類大小完全相同，也完好無損，除此之外，還有八個杯子和八個茶托，不過有二個杯子和七個茶托已經破損了。在這種情況下，雖然第二套餐具比第一套多出了六個好的杯子和一個好的茶托，但人們願意支付的錢反而少了。

人們往往有這樣的心理：一套餐具的件數再多，即使只有一件破損，人們就會認為整套餐具都是次品，理應價廉；而件數再少，但全部完好，就成為理所當然的合格品，應當價高。由此看來，人們的理性並不是時時都有的。

【經濟學課堂】

　　有限理性[8]的概念最初是肯尼斯・約瑟夫・阿羅[9]提出的，他認為有限理性就是——人的行為「是有意識的理性，但這種理性又是有限的」。造成有限理性的原因有兩點：一是環境是複雜的，在非個人交換形式中，人們面臨的是一個複雜的、不確定的世界，而且交易越多，不確定性就越大，資訊也就越不完全；二是人對環境的計算能力和認識能力是有限的，人不可能無所不知。

　　理性人的主觀意願是最大限度地為自己謀福利，但能不能謀到福利是另一回事。以最少的成本獲得最大的收益是經濟人的理性選擇，由於人對事物的計算能力和認識能力是有限的，因而人們的理性往往表現出有限理性。

　　二十世紀四〇年代，西蒙[10]詳盡而深刻地指出了

8　有限理性（Bounded Rationality）：或譯為「限制理性」，係由赫伯特・西蒙（Herbert Simon，1916-2001）所提出。傳統經濟學理論以完全理性為前提，西蒙對此提出修正，認為人的理性是處於「完全理性」和「完全非理性」之間的一種「有限理性」。

9　肯尼斯・約瑟夫・阿羅（Kenneth J・Arrow，1921—），美國經濟學家，於1972年因在一般均衡理論方面的突出貢獻與約翰・希克斯共同榮獲諾貝爾經濟學獎，是最年輕的諾貝爾經濟學獎獲得者，被認為是二戰後新古典經濟學的開創者之一。除了一般均衡領域之外，研究領域還包括風險決策、組織經濟學、信息經濟學、福利經濟學和政治民主理論等。

10　赫伯特・亞歷山大・西蒙（Herbert Alexander Simon，1916-2001），美國心理學家，研究領域涉及認知心理學、計算機科學、公共行政、經濟學、管理學和科學哲學等，是現今很多重要學術領域的創始人之一。西蒙因其貢獻和影響在晚年獲得了很多頂級榮譽，包括1978年的諾貝爾經濟學獎、1986年的美國國家科學獎章和1993年美國心理協會的終身成就獎。

新古典經濟學[11]理論的不現實之處,並分析了它的兩個致命弱點:(1)假定目前狀況與未來變化具有必然的一致性。(2)假定全部可供選擇的備選方案和策略的可能結果都是已知的。事實上,這些在現實中都是不可能的。西蒙的分析結論使整個新古典經濟學理論和管理學理論失去了存在的基礎。

西蒙指出傳統經濟理論假定了一種經濟人[12],他們具有經濟特徵,具備所處環境的知識——即使不是絕對完備,至少也相當豐富和透徹;他們還具有一個很有條理的、穩定的偏好體系,並擁有很強的計算能力,靠此能計算出在他們的備選行動方案中,哪個可以達到利益上的最高點。

西蒙認為人們在決定過程中尋找的並非是最大或最優的標準,而只是滿意的標準。他提出的有限理性和滿意準則[13]這兩個命題糾正了傳統的理性選擇理論的偏激,拉近了理性選擇的預設條件與現實生活的距

---

[11] 新古典經濟學(Neoclassical Economics):是興起於二十世紀初期的經濟主義思潮,共同的主張是:支持自由市場經濟、個人理性選擇、反對政府過度干預、反對凱恩斯主義經濟學。新古典主義經濟學形成了個體經濟學的主要成分。

[12] 經濟人(economic man):又稱「理性—經濟人」,最早由英國經濟學家亞當・史密斯(Adam Smith,1723-1790)提出。他認為人的行為動機根源於經濟誘因,人都要爭取最大的經濟利益,工作就是為了取得經濟報酬。因此,管理者需要用金錢、權力、組織機構的操縱和控制,使員工服從與效力。

[13] 滿意準則:傳統決策理論認為:決策目標的選擇應遵循最優化原則,它所尋求的是在一定條件下惟一的最優解。而事實上由於決策前提的不確定性,難以按最優準則進行決策。有鑒於此,赫伯特・西蒙提出了以「滿意準則」代替傳統的「最優化準則」,決策者可根據已掌握的信息作出滿意的選擇,而不必苛求惟一最優解,因而具有更大的彈性。

離。

【經濟學茶座】

在經濟生活中，人人都是理性人，只不過這種理性一般是有限理性。「掩耳盜鐘」[14]的故事很能說明有限理性。

春秋時候，有人跑到晉國的范氏家裡想偷點東西，看見院子裡吊著一口大鐘。小偷心裡高興極了，想把這口精美的大鐘背回自己家去，可是鐘又大又重，怎麼也挪不動。他想來想去，只有一個辦法，那就是把鐘敲碎，然後分別搬回家。

小偷找來一把大錘，準備砸鐘，這時小偷想到砸鐘時，鐘發出的聲響就會被別人發現。怎麼辦呢？終於，他想到一個好辦法──使勁摀住自己的耳朵。他立刻找來兩個布團把耳朵塞住，然後動手砸起鐘來。鐘聲響亮地傳到很遠的地方，人們聽到鐘聲紛紛跑來，小偷就被捉住了。

這則故事諷喻小偷的愚笨，但小偷其實是一個理性的經濟人，他精於算計：要把大鐘偷回家，就必須把大鐘砸碎，但砸鐘會發出聲響，必須阻止鐘聲的傳播，於是他堵住了自己的耳朵。可以說，小偷的行為不失理性，為什麼小偷是一個理性人，都還被視作傻

---

14 掩耳盜鐘：比喻自欺欺人。典出《呂氏春秋》·〈不苟論〉·「自知」第四條：「范氏之亡也，百姓有得鐘者，欲負而走，則鐘大不可負，以椎毀之，鐘況然有音，恐人聞之而奪己也，遽揜其耳。」後世或作「盜鈴掩耳」、「竊鈴掩耳」、「塞耳盜鐘」、「塞耳偷鈴」、「掩耳盜鈴」、「掩耳盜鐘」、「掩耳偷鈴」。

瓜？因為他並不是一個完全理性人，而只是一個有限理性人，所以他才會做出堵住自己的耳朵盜鐘的事情，忘記了別人的耳朵也能聽到鐘聲。

在生活中我們因為有限理性而對得失的判斷屢屢失誤，事實上我們都做了理性的傻瓜。

一場由眾多明星參加的演唱會即將上演，票價很高，需要五千元。這是你夢寐以求的演唱會，機會不容錯過，因此很早就買到了演唱會的門票。演唱會的晚上，你正興沖沖地準備出門，卻發現門票不見了。要想參加這場音樂會，必須重新掏一次腰包，那麼你會再買一次門票嗎？假設是另一種情況，同樣是這場演唱會，票價也是五千元。但是這次你沒有提前買票，打算到了演唱會現場再買。剛要從家裡出發的時候，你發現自己不知道什麼時候把剛買的價值五千元的音樂播放器給弄丟了。這個時候，你還會花五千元去買這場演唱會的門票嗎？

與第一種情況下選擇再買演唱會門票的人相比，在第二種情況下選擇仍舊購買演唱會門票的人要多得多。客觀來說，這兩種情況是沒有區別的，是等價的。在你願意花五千元錢去聽演唱會的前提下，你面臨的都是損失了五千元的價值，然後你需要選擇是否再花五千元去參加演唱會。只不過在兩種情況中你的損失形式不同：在第一種情況下，你是因為丟了一張票而損失了五千元，而在第二種情況下你是因為丟了五千元的音樂播放器而損失了五千元。

同樣是損失了價值五千元的東西，爲什麼人們會有截然不同的選擇呢？主要是因爲人們的理性是有限的。在人們心裡，對每一枚硬幣並不是一視同仁的，而是視它們來自何方、去往何處而採取不同的態度，這是一種非理性的觀念。

人人都是理性人，但任何人都不可能是完全的理性人。在紛繁的世界中，我們應學會去認識世界，分析事物，儘量減少理性中的有限因素。

選自《用今天的錢打理明天的財富》──震撼出版

評估成本做最佳選擇

一般情況下，經濟學理論建基在理性的「極大化」假設上，每個人都會在局限下選取對自己最有利的選擇。經濟學是社會科學中一門研究人類在「稀少」問題下作出選擇的科學。當「稀少」問題出現時，人就要在選項之間取捨，被放棄的選項當中價值最高的那個選項，其價值就是在該決策中的「機會成本」。

機會成本是人們日常決定事情時必須考慮的成本，以跟朋友打球爲例，要選擇在較忙碌還是較空閒的時候？當然選擇在較空閒時，因爲忙碌時的「時間成本」較大。（但如果要藉著打球舒緩忙碌的壓力，那麼付出較大的成本可得到更大效益，則另當別論。）以投資爲例，原來投資A產業，一年可獲利五百萬，若改投入B產業，一年可獲利八百萬，如果決定不

改變投資行為，則少賺的三百萬就是機會成本。

消費行為中常有大排長龍的情況，例如為了買三百元的門票花了兩小時排隊，除了票價三百元，排隊的兩小時其實也是成本。如果這兩個小時原本可以選擇去工作卻放棄，以打工時薪105元計算，那麼排隊買票的機會成本就是300元+105元×2=510元。學生在上課時間翹課去看電影，放棄該堂課可以收穫的知識，那麼看電影的機會成本是那些可獲得的知識。上大學的機會成本是什麼？除了學費之外，還包括因為上學而不能工作損失掉的工資，外顯的物力成本和隱藏的時間人力成本，兩者合計才是完整的上大學的機會成本。

有些機會成本可以量化，有些是抽象的，最重要的是：在對資源運用的各種可能性中，要做最佳的選擇。做決定時納入機會成本的考慮，有助於更整體評估利弊得失，避免盲目地做了錯誤的決定。

又例如有個人花了數千萬元買地、蓋房子、開商店，結果一個月只收入十幾萬元。這投資是否划算？表面上錢是自己的，不必付利息，土地以後賣掉可以回收，目前只是賺多賺少而已。但數千萬元不買地，存在銀行的利息一個月就超過十幾萬，這就是機會成本。然而如果遭逢通貨膨脹，數千萬元就貶值了，不若買土地有增值的可能。可見得做決策是十分困難的，因為人們面臨的是個不確定的、複雜的環境，信息不可能完全，再加上人的計算能力與認識能力也是有限的，因此經濟學家阿羅提出用「有限理性」替代「完全理性」，而西蒙則認為人們行動中並非尋求「最大」或「最優」，大多數情況下只是尋求「滿意」。

最大化假設把人看成完全理性，人具備找到實現目標的所

有備選方案之能力，並通過預見方案的實施後果而衡量作出最優選擇。但事實上人是有情感、責任感、有信仰的社會人，所以很多情況下，個體可能會採取不顧及行動後果的價值合理性行動，或甚至是盲目的做出非理性的決定。認清人的「有限理性」，可以提醒自己在做決策的當下，自我檢視是否犯了「掩耳盜鐘」故事中自欺欺人的毛病。

　　魚與熊掌無法兼得時，想清楚放棄的是什麼，明白為什麼做此選擇，選擇了就堅持努力。人無法完全理性，但還是應該盡量降低非理性因素，根據自己的實際狀況和條件，做出對自身利益最大化的最佳決策。「機會成本」與「有限理性」的觀念，幫助我們在選擇時能夠更理性，運用經濟學的思維思考問題，避免成為一個聰明的傻子。

延伸思考

1. 你在人生重大的選擇上是否曾遇過「魚與熊掌不可兼得」的情況？當時如何做決定？如果納入「機會成本」的思考，決策結果會有什麼不同？
2. 消費行為有哪些常見的非理性的現象？
3. 以一個真實情況為例，如何運用經濟學的原理做出最佳決策？

美感篇

培養美學素養以欣賞眾生之美

王淳美

問題意識

何謂「美」？

大部分人都喜歡美的人事物，甚至為了追求美，不惜付出昂貴的代價；然而「美」是什麼？「美」有其判斷的標準嗎？美感經驗如何體會或營造？如果「美」自心中來，那麼美是主觀惟心的；例如所謂「情人眼裡出西施」。如果「美」可由外在形體予以科學客觀地論斷，引發多數人認同其為美，那麼此種美則是客觀惟物的；例如公認的美人有所謂「沉魚落雁、閉月羞花」[1]之貌。如果以上二者各自成立邏輯，則「美」的最高境界便是「心物合一」，亦即是：外在的形體既能引發美的感受，亦能在心中激發美的知覺，內外兩者兼容並蓄，從而達到「情物交融」的極致美感境界。

俗諺所謂「認真的女人最美麗」，以及「顧家的男人最帥氣」，則是將「美」賦予「敬業」與「道德」的內涵，而不論其外在形體樣貌如何？亦即人性的光輝可煥發一種「美」的符碼，使旁人得以接受並感知。換言之，何謂「美」？可謂見人見智，然而我們當如何去感受、判斷並知覺「美」的本體或存在呢？

---

[1] 相傳古人用此辭形容四大美女。「沉魚」：西施在古越國溪邊浣紗，水中魚兒見其美麗的水面倒影，都驚豔得忘記了游水，而逐漸沉入水底。「落雁」：漢元帝時「昭君出塞」，王昭君行於大漠途中，悲嘆遠離家鄉的命運，因而在馬上彈《出塞曲》。天邊飛過的大雁聽到曲調的幽傷，皆肝腸寸斷地紛紛掉落在地。「閉月」：漢獻帝時司徒王允的養女貂蟬在花園拜月，恰有雲彩遮住月光，被王允看到。此後王允就對人稱說貂蟬的美貌比月亮還美，使月亮因此躲到雲彩後面。「羞花」：唐玄宗開元年間，楊玉環在花園賞花，用手撫花後，花葉因而收縮垂下，被宮女看見，就宣稱楊貴妃與花兒比美，花兒自嘆不如因而含羞低下頭。「沉魚落雁、閉月羞花」傳到後世，已廣泛用於形容人的美貌。

　　孔子曰：「文質彬彬，然後君子」[2]，可謂儒家「允執厥中」的中道精神展現；既要有外在適度的文飾，也要有內在的質感，兩者相得益彰，始能成為君子。相對於「美」的觀點而言，如果能內外俱佳，則可達「形神兼美」的境地！然而此種境界不易得，因此我們在日常生活中，該如何培養審美的能力與感知，使「人我之間」與「物我之間」瀰漫一種和諧之美呢？

文本背景

　　本文選自《美的覺醒：蔣勳和你談眼、耳、鼻、舌、身》書中的最後一個單元〈美：無所不在〉的最後兩小節：〈每一個生命都是一朵花〉與〈真正的平等〉。該書從「尋索美，感覺美」開始分析美的義界與感受，透過味覺、聽覺、嗅覺、視覺、觸覺等五種感官所體驗的美，至於身心在五感平衡的狀態下，始得以感受每朵生命之花以其獨特的姿態，各自華美地綻放。最終提出莊子的哲學思維，以開放的心胸揭櫫眾生平等，因而每個生命皆有其可被審美的可能。

　　蔣勳（1947-），福建長樂人。生於古都西安，其母是滿清正白旗人，母親的祖父是西安知府。由於家裡終年都有戲班

2　《論語‧雍也第六》記載「子曰：質勝文則野，文勝質則史，文質彬彬，然後君子。」質是本質，文是文彩。質多於文，則如居在郊外的野人；鄉下人習作農工，言行欠缺禮文修飾，顯得樸素無華。文多於質，則如史書；史書所載史事，難免因寫史者有所好惡，不得其正，因而所寫的歷史不免文過其實，所以文多於質，則如史書，有失其真。彬彬，參半融合之貌，意指文與質均衡交融。言行文雅而又真實，合乎中道，才是文質彬彬的君子。

唱戲、說書先生講演義小說，在此環境中成長的母親，遂帶引蔣勳逐步走向文學與藝術的人生。蔣勳三歲時舉家遷臺，住在臺北市繁華的大龍峒附近，自小在廟旁接受酬神的歌仔戲和布袋戲等臺灣本土民間文化的薰陶，其父親從小則要求他學習唐詩、宋詞、《古文觀止》、書法等中華文化。自中國文化大學史學系、藝術研究所畢業後，二十五歲（1972）負笈法國巴黎大學藝術研究所，親身體會歐洲自啟蒙運動[3]以來的人文思潮在巴黎的迴響，體認西方文明對個體生命的尊重；亦即「活出自我」、勇敢追尋人生的態度！

　　1976年返臺後，蔣勳曾擔任《雄獅美術》月刊主編，先後執教於文化、輔仁大學，以及擔任東海大學美術系系主任。蔣勳寫作文類極廣，有小說、散文、藝術史、美學論述作品數十種，並多次舉辦畫展；其文筆清麗兼具豐富的視覺意象，融合感性與理性之美，近年則專事推廣海峽兩岸的美學教育。蔣勳認為：「美之於自己，就像是一種信仰一樣，而我用布道的心情傳播對美的感動。」

3　啟蒙運動（Enlightenment）或啟蒙時代，又稱為理性時代（Age of Reason），指的是在十八世紀歐美地區發生的主要知識及文化運動。德國哲學家康德（Immanuel Kant, 1724-1804）為其所下的定義是：「人以理性不斷的自我教育與成長」。啟蒙運動的思想沿著兩條路線前進：一為歐洲大陸的理性主義，一為英倫三島的經驗主義。理性主義前期的重要哲學家有：笛卡爾、斯賓諾沙、萊布尼茲。經驗主義前期的重要哲學家有：洛克、柏克萊、休姆。至於啟蒙運動後期的思想家則有：伏爾泰、孟德斯鳩、盧騷等人，都是法國重要的啟蒙運動者。

每一個生命都是一朵花

蔣勳　著

　　一旦擁有了欣賞美的心境時，你會發現，這世界可以無所不美。

　　我們前面談過，基本上大家不喜歡苦的味覺，而喜歡甜的味覺。很多人都愛吃糖，sweet這個字，也一直有幸福、溫暖的代表意義。雖然大家覺得苦是不好的，可是成語中「良藥苦口」的「苦」字，也提醒了我們：苦是一個重要的味覺存在。

　　我也舉例說過，小孩子都喜歡吃糖，厭惡苦瓜。可是人們在經歷過人生很複雜的變化以後，有時會開始喜歡吃苦瓜；我就從沒想到小時候像苦瓜這麼不喜歡吃的食物，現在卻變成我最愛吃的蔬菜。是不是苦瓜裡面的滋味，變成與人生的回憶息息相關？

　　這也提醒了我們，美是一個發現的過程，在不同的年齡會發現不同的美。

　　年輕的時候，你可能希望自己像牡丹，美得燦爛華麗。也許到中年以後，你會知曉連一根小草都有小草的美，它那卑微謙遜的存在，也是一種美。這兩者的美完全不一樣，完全沒有辦法做比較。

　　看到一棵高高的松樹那種挺拔的美，我們會心生羨慕，覺得松樹讓自己感覺到生命飛揚的美和快樂，我們會希望自己像一棵大松樹一樣。可是連攀垂在松樹上的藤蔓，也會被詩人歌誦，李白在〈古意〉[4]一

4　李白〈古意〉：「君為女蘿草，妾作菟絲花。輕條不自引，為逐春風斜。百丈託遠

詩中寫到：「百丈託遠松，纏綿成一家」，就是歌誦藤那種攀附成長的美態。

藝術家就是如此，他們不斷發現新的美，不會讓美侷限於一個固定的狀態。

用藝術做轉移

將美侷限於固定狀態裡的人是辛苦的。有一位朋友，每天下班回來就告訴我：「某某同事有多討厭多討厭……好討厭好討厭……」我常問他：「你一直在講同事裡面哪些人你不喜歡不喜歡，可是你每天八小時要跟他在一起，不是很辛苦嗎？」最後我就建議他說：

「你今天不要再說這些話了，我已經聽了不下一百次。要不然我給你一張紙、一支筆，他到底長得什麼樣子，你畫給我看吧！」

其實我們會發現，藝術是一個轉移，當我的朋友在畫他討厭的同事時，沒有摻進愛恨，他必須重新回想他的眉毛、眼睛、五官到底組合成什麼樣子，這個時候他在進行的，是屬於客觀的觀察。我發現這樣的過程之後，我的朋友開始覺得對方有一些之前沒有看到的部分，於是從很主觀的憎恨排斥，變成觀察，甚至變成欣賞。

這種過渡的歷程也許並不是很容易，可是我想：

松，纏綿成一家。誰言會面易，各在青山崖。女蘿發馨香，莬絲斷人腸。枝枝相糾結，葉葉競飄揚。生子不知根，因誰共芬芳。中巢雙翡翠，上宿紫鴛鴦。若識二草心，海潮亦可量。」

有一天若我們能感覺到周遭的人如同百花盛放，他們每一個生命都是一朵花。如果能夠懷著這種欣賞的心情，也就更接近了美。

真正的平等

懷抱著一個欣賞生命的態度去看人生，和懷抱著一個處處去比較、處處去計較的心情去看人生，也許會得到非常不同的結論吧！如果我們總是在比較，如果我們總是在計較，也許會非常的辛苦，因為背負了很多的分別心，每天忙著分別是非、分別美醜，壓力可真大呀！

可是，如果能夠從這樣一個相對的世界裡，把自己打開來，用寬闊的心胸去欣賞這個世界，那麼整體看待人事物的角度，都會有不同的改變。

莊子所說「天地有大美而不言」[5]提醒我們的，剛好就是一個欣賞的角度。

一本看不完的書

我舉一個例子。很多朋友告訴我，他們從十歲左右開始讀《紅樓夢》[6]，到今天五、六十歲，已經反

5　《莊子·外篇·知北游第二十二》：「天地有大美而不言，四時有明法而不議，萬物有成理而不說。」意即天地具有自然奇妙偉大的美，卻無法用言語表達；四時運行具有明顯的規律，卻無法加以評議；萬物的變化具有現成的法則，卻不用加以說明。

6　《紅樓夢》最初名為《石頭記》，清曹雪芹原著有八十回抄本，至清乾隆56年

覆讀過二、三十次了，但還是依然在讀這本書。朋友們覺得《紅樓夢》是一本讀不完的書，就是讓人一讀再讀，放不下手。

　　有時候我也在想：「奇怪，爲什麼會有一本書這麼好看！」

　　如果只想要知道《紅樓夢》的故事、情節，當然讀一遍就知道了，反正最後賈寶玉[7]娶了薛寶釵[8]，林黛玉[9]痛苦地焚稿斷痴情死去[10]，就這麼一回事嘛！但有趣的是，我自己也一直在讀《紅樓夢》，二、三十次了，然後發現每一次都像是第一次一樣新鮮。

（1791）始由高鶚續作，完成一百二十回本。該小說藉著無才補天、被女媧棄於大荒山無稽崖青埂峰下的頑石，幻形入世、歷劫紅塵，而後悟道度脫，引登彼岸的象徵，描述一個以賈寶玉、林黛玉、薛寶釵爲主的愛情與家族興衰悲劇。

[7]　賈寶玉：《紅樓夢》中，身爲榮府賈政次子。當大觀園姊妹們結詩社時，外號「怡紅公子」，住處題爲「怡紅院」。容顏姣好，資質聰慧，個性溫柔，終日嬉戲於脂粉堆裡，養成一種偏僻乖張的性情。寶玉是其母王夫人口中的「孽根禍胎」、家裡的「混世魔王」。最後寶玉實踐家族對其期望—娶妻傳宗、考完科舉等人間大事；在離開考場後，便悟道出家爲僧，歸彼大荒。

[8]　薛寶釵：薛姨媽的女兒，是金陵四大家族之薛家千金。體態豐滿，品格端莊，才德兼備，雍容大度，然而城府頗深，能籠絡人心，因而得到賈府上下讚譽。身上佩戴金鎖，鑴刻「不離不棄，芳齡永繼」，恰與賈寶玉所佩之玉所刻之「莫失莫忘，仙壽恆昌」成一對吉讖，因而有「金玉良緣」之說。在賈府等人安排下，寶玉被迫娶寶釵爲妻。由於雙方性靈不通，寶玉又無法忘懷黛玉，因而婚後不久即出家，令寶釵獨守空閨，抱憾終身。

[9]　林黛玉：賈母的外孫女。自小母亡，父親不幸病故後，只好投奔賈府依親，別號「瀟湘妃子」，住處題爲「瀟湘館」。其性情孤高、胸懷狹窄，然而才情奇高，居「十二金釵」之冠。黛、寶相遇於童年時，彼此就覺得似曾相識。兩人之所以成爲知己，乃對於人生觀產生共鳴。被脂粉群圍繞的寶玉，能引發其慈慧者乃超現實的靈感，因而黛玉的幽僻孤高，對寶玉形成一種精神嚮往；成爲寶玉心中「萬王之王」的不是「豔冠群芳」的寶釵，而是「風露清愁」的黛玉，只有她才能使寶玉的靈魂清醒、淨化與昇華於污濁腐化的大觀園。

[10]　《紅樓夢》第九十七回：「林黛玉焚稿斷痴情　薛寶釵出閨成大禮」。

　　《紅樓夢》裡面上上下下三百多人，我發現剛開始讀的時候，只注意到賈寶玉、薛寶釵、林黛玉這些主角。第二次讀，感覺探春[11]好可愛，這麼有個性的女孩子；史湘雲[12]，豪邁爽朗，像男子作風。第三次再讀，又發現到丫頭裡面的襲人[13]好懂事，會擔待事情；晴雯[14]則又剛烈又熱情。一次又一次，每回都有新的發現。

　　再一次讀到劉姥姥[15]進大觀園，這位鄉下的窮老太太，沒有見過世面，進到大觀園後，像個小丑一樣，可是你又覺得她的生命在卑微當中有這麼可愛的成分。

　　而所有大觀園裡面的貴族，從來沒有這麼快樂過！這個富豪之家已經傳到第四代了，家中所有講究

11　探春：別號蕉下客。榮國府賈政之女，庶出，排行第三。為人事理分明，精明幹練，不亞於鳳姐，頗受人敬愛。從她在大觀園發起「海棠詩社」看來，才氣天賦、頗有雅興；然而其生母趙姨娘惹人嫌厭，致使探春一直抬不起頭來。後來遠嫁海疆周統制的兒子，算是「金陵十二釵」中較幸福下場者。

12　史湘雲：賈母娘家的侄孫女，寶玉的表妹。純淨善良、頑皮而略帶嬌憨，才思敏捷。湘雲佩戴金麒麟，不僅貌美健康聰明，個性自然灑脫，博得海棠「睡美人」之稱。

13　襲人：花襲人，寶玉的大丫頭。細挑身子，容長臉兒，生得非常姣俏，性情溫柔誠實；原是賈母房裡的，本名蕊珠，賈母疼寶玉，惟恐別人服侍不周，便把她撥給寶玉。寶玉讀詩見有「花氣襲人知晝暖」句，因改名襲人。

14　晴雯：《紅樓夢》裡最漂亮的大丫頭，標致出眾，心靈手巧，然而性情高傲，凡事任意而行，雖然出身低微，卻無奴顏媚骨。其外貌與性格特點與小姐中的林黛玉雷同，以致寶玉對待她也與眾不同。不管是晴雯「撕扇」，或第五十二回「勇晴雯病補孔雀裘」，以及後來晴雯被逐出大觀園以至病死的形象，使其成為《紅樓夢》悲劇人物之一。

15　《紅樓夢》第四十回「史太君兩宴大觀園」，透過窮困的村婦劉姥姥進入大觀園的見聞，描述賈府興盛時期的奢華生活場景。劉姥姥詼諧風趣、熟諳人情世故的言行舉止，使「劉姥姥進大觀園」成為名篇。

的、美的物件，在他們自己看來都是理所當然。可是劉姥姥是個鄉下來的窮老太婆，她發現每一個東西都這麼美，都用自己的方式讚嘆著。

由此我們發現，如果沒有採用欣賞的角度看生活，也許就不知道自己是生活在美當中。也就是說，可能我們很容易因為習慣之後，變成「人在福中不知福」。

閱讀《紅樓夢》時，我們不斷地發現：原來不同人的眼睛所看到的東西，也是這麼的不同。這也提醒了我們：生命如果採用欣賞的角度，是可以看到不同的人之存在意義與價值的。我還在讀《紅樓夢》，我相信下一次閱讀的體會，跟這一次又會不同了。

這本書提醒我的另一個地方是，作者曹雪芹在《紅樓夢》中安排了三百多個人物，他對每一個人物都是中立的，沒有討厭或喜歡任何一個人，所以能夠認真地客觀地描述每一個人物的存在，這也是《紅樓夢》這本書可以一讀再讀的原因之一。

如果今天我在現實生活裡，不論接觸到家人、朋友、同事、甚至坐捷運時碰到不相干的人，我都在判斷：這個人我喜歡、那個人我不喜歡……那麼我寫出來的小說一定是「有限」的小說，可能大家讀一次就不想再拿起來了。可是如果我每一天坐捷運，我在想同車廂的這個人如果要被放在我的小說裡，我就會觀察他，欣賞他，然後才會發現他與眾不同的存在意義。

段落開始
注意！每一個人的生命都是與眾不同的。

我一再強調莊子提醒的「天地有大美而不言」，是因為每一個生命都是與眾不同的。我們若是不斷地製造排行榜、在做比較，就總會覺得這一個生命不如另外一個生命——可是美學的領域是一個真正的平等，在美學的領域當中，沒有比較可言。

國王與乞丐

古代有一個國王非常富裕。他坐在富麗堂皇的王宮裡顧盼四方，心想自己擁有權力，擁有財富，一切大家羨慕、想要保有的東西，自己都已獲得了。這位驕傲自大的國王覺得在人世間已沒有遺憾，也不缺任何事物。

可是有一天，衛兵來向他報告，說城門口那個老乞丐想獻一個寶貝給他。國王大吃一驚，他想自己已經擁有這麼多的財富了，還會缺什麼嗎？怎麼一個窮老叫化子，還會有寶貝可以獻給我？

老乞丐被宣召進宮了，這個一身破破爛爛、髒髒臭臭的老乞丐，走到有威嚴、有權力、有財富的國王面前，很自信地跟他說：

「啟稟國王，今天城門口的那個陽光，曬在身上好舒服啊！我就是來獻這個陽光的，您也趕緊來曬一曬吧！」

這是成語「野人獻曝」[16]的故事。野人，就是沒

---

16 「野人獻曝」原典出於《列子·楊朱》，意旨乃鄉野農夫貢獻曝日取暖的方法，後來比喻平凡人所貢獻的平凡事物。

有受過很好的教育、沒有財富、沒有權力的人；曝，就是陽光；一個沒有文明的人，想將陽光奉獻給國王。所以，美是多麼的平等！

「野人獻曝」這個故事保留在成語裡，如果我們在人生裡，能夠多欣賞別人存在的價值跟意義，其實就是懂得「野人獻曝」這個故事了。

我經常在廣播、演說等各種場合跟大家談美，覺得自己想要扮演的，也就是那個「野人」的角色，我想告訴大家：

「你知道房子外面的陽光有多麼美好嗎？你有多久沒有去感覺那陽光的溫暖了！」

生命有其獨特之美與存在價值

在資本主義依舊當道的新世紀，資訊藉由科技得以快速傳遞信息的E世代，人們生活的步調因此愈趨快速，貧富懸殊導致的經濟M型化社會現況，常使人心處於一種虛浮不安的樣態。蔣勳的學養乃融會中西方、兼臺灣本土文化藝術之美，在邁入中年後，轉而提倡一種「緩慢」的「生活美學」，亦即所謂的「慢活」哲學，倡導在普羅眾生中發掘各自生命存在之美感與價值。

蔣勳曾在IC之音主持一個「美的沉思」的廣播節目，其中談生活美學的部分，整理出版為《天地有大美》。由於蔣勳很喜歡莊子的名句「天地有大美而不言」，因而引用做為書

名。莊子談美，很少以藝術本體舉例，反而是從大自然與日常生活中去發現美。至於莊子講美學，最著名的一段便是「庖丁解牛」[17]。「庖丁」[18]專司屠宰工作，似乎無美感可言，然而庖丁以藝術手法「遊刃有餘」地肢解牛的過程與動作，使文惠君因而震動。亦即「庖丁解牛」觸動了文惠君對藝術本質的重新體認，揭破一般人所認知的藝術的假相，使審美活動返回現實生活，在平凡的事物中尋找真正的美。

在閱讀中國章回小說經典《紅樓夢》的歷程中，蔣勳提出每個人物各有其精彩處，不管是主角、配角，甚至是甘草型的丑角，皆有其可發掘與欣賞的生命本質與性格特點。雖然「眾生平等」可謂一種在法律與哲學層次上的思維，落實在現實人生或許有其限制、或窒礙難行之處；不過就審美的視角言之，每個生命本體自有其獨特而可觀之處。

然而何謂「美」？「美學」的定義，可謂「對於美、藝術、審美經驗三者的性質進行哲學探究的學科」。「美學」一詞通常用於指稱文學、哲學和藝術之專門學科而言，德國

---

17 「庖丁解牛」原典出於《莊子・養生主》，大意為：庖丁為文惠君殺牛，不論用什麼方法，都立刻使皮與骨分離，並且發出的聲音有如〈桑林〉與〈經首〉等美妙的音樂。文惠君就問他：「你真是太厲害了，你的刀法怎麼會如此高明呢？」庖丁說：「我所喜歡的是事物的道理，遠遠超過技巧！開始學殺牛時，不懂得牛的結構，一整頭牛往往不知從何下刀，經過三年的磨練之後，眼前所見的已經不是一頭牛，而是心領神會，順著牛的生理結構，切開筋骨的縫隙，刀子悠遊於骨節間，經絡相連和筋骨盤結的地方都不會碰到，何況是大骨呢？技術高明的廚師，每年只要換一把刀就可以，因為他們是用刀來切肉，至於一般笨拙的廚師，每個月都需要換新刀，因為他們是用刀來砍肉，而現在我這把刀已經用了十九年，所殺的牛也有幾千頭，但刀刃還像剛磨過一樣鋒利。此乃因牛的骨節有縫隙，而刀刃卻是沒有厚度，以沒有厚度的刀遊走在有縫隙的骨節間，自然是可以得心應手。」文惠君聽完之後便說：「說的很對，你的一番話，使我領悟到了養生之道！」

18 庖丁：廚師。比喻掌握了事物客觀規律的人技術純熟神妙，做事得心應手。

哲學家黑格爾[19]曾說：「美學即藝術哲學。」就此定義加以引伸，文學方面義界的「美學」就可包含「闡釋學」、「符號學」、「現象學」、「接受美學」等多門學問。

美學是西方哲學的一個部門[20]，其研究的對象以反省「美」與藝術的問題為主。該理念源起於十八世紀的德國理性主義派包佳頓（Alexander Baumgarten, 1714-1762）首先提出「Aesthetics」（美學）這個字，並提議以「Aesthetics」該詞彙來稱呼「研究感性認知的學問」。包佳頓命名之時，與美學有關的三個主要概念是藝術、美、感性認識。

由於「Aesthetics」的本義是帶有主觀感性的認知學，已內含所謂無法以科學驗證的直覺，因而便與討論事物「美不美」沒有必然關係，反而著重在藝術的哲學上，所以中國的美學家朱光潛（1897-1986）就認為該詞彙應翻譯成「直覺學」較適當。至今「美學」的名稱仍被討論而莫衷一是，然而目前在學界仍大多將「Aesthetics」翻譯或認知為「美學」。

美學的定義雖至今仍然無法義界清楚，但也不至於任隨各

---

19 格奧爾格·威廉·弗里德里希·黑格爾（Georg Wilhelm Friedrich Hegel，1770-1831），1829年就任柏林大學校長，其哲學思想才最終被定為普魯士國家的欽定學說，可謂大器晚成。黑格爾把絕對精神看作世界的本原，其哲學在惟心主義基礎上，建立令人嘆為觀止的客觀惟心主義體系，主要講述絕對精神自我發展的三個階段：邏輯學、自然哲學、精神哲學。恩格斯後來給予高度的評價：「近代德國哲學在黑格爾的體系中達到了頂峰，在這個體系中，黑格爾第一次—這是他的巨大功績—把整個自然的、歷史的和精神的世界描寫為處於不斷運動、變化、轉化和發展中，並企圖揭示這種運動和發展的內在聯繫。」黑格爾一生著述頗豐，其代表作有《精神現象學》、《邏輯學》、《哲學全書》、《法哲學原理》、《哲學史講演錄》、《歷史哲學》和《美學》等。

20 早期「美學」源自於哲學，哲學是愛智之學，西方現象派學者胡塞爾（Edmund Gustav Albrecht Husserl，1859-1938）認為哲學是一門最嚴格的學問，是所有知識的基礎。美學的邏輯概念顯然十分重要，因此在討論美學時，需要理性的思考，所以例如「浪漫」此種不具有精準定義的詞彙，並不適用在美學上。

人想法，浪漫地論定，美學如同哲學一樣，可以嚴格地深入討論，得出某種「合理的直覺認知」。美學既原本屬於哲學的一個部門，討論人的感性認知，因而與哲學、心理學、人類學多有關係，但卻與科學較無關係。由於科學是可透過實驗予以驗證的，按著定律法規，任誰演算都會得出相同結果；但美學卻是人的感性認知學，由於每人的想法與認知不盡相同，如同心理學，人類學一樣，此種感性認知也能利用調查統計、歸納等方法，推演出一種雖不是必然性、但可為大多數人接受的「合理認知」。因此試圖探索人的感性直覺認知中的「內涵、意義、可能性、行為模式、審美經驗……」等，便是美學研究的範疇。

在審美的過程與感性的認知中，不只關乎「美不美」的問題，其他還內含崇高、醜、悲劇、文藝心理學、道德……等議題，都在美學的範疇，因此在判斷識別、甚至直覺認知「美不美」時，便不僅只是討論美的學問，而是擴及若干領域的一門綜合性人文學科；因而如何強化美學素養或知能，加強人文藝術教育，始能啟發我們對自身「眼、耳、鼻、舌、身」等感官所體受的「視覺、聽覺、嗅覺、味覺、觸覺」之美。

在「眾生平等」的哲學思維中，即便如「野人」都可以「獻曝」，與王者同享一樣的陽光溫暖，可見何謂美？端賴審美者如何以「直覺心」、「平等心」予以發現體認每朵生命之花所展現個體的獨特美，以及獨一無二的生命尊嚴。至於要如何達此境界？則須充實「美學」相關學問，始能提升哲學層次，而得有能力欣賞萬物眾生之美。

延伸思考

1. 請思考你認為何謂「美」的實例？

2. 人的各種感官對於美的感受各自不同，請親身體驗在「視覺、聽覺、嗅覺、味覺、觸覺」等美感經驗。

3. 美學雖然是一種哲學思維，卻也是直觀的感受。《紅樓夢》中的各式角色，包括「金陵十二釵」：薛寶釵、林黛玉、賈元春、賈探春、史湘雲、妙玉、賈迎春、賈惜春、王熙鳳、賈巧姐、李紈、秦可卿等人物。你認為何者最美？為什麼？

4. 對於「美學」所涵攝的諸多範疇，請任擇一門學問延伸閱讀一篇作品。

「赤壁之戰」中的應世智慧

施寬文

問題意識

　　三國時期距今雖然已有一千七百多年，然而與今天同樣是一個競爭激烈的時代。敘述三國故事的《三國演義》雖是小說，卻也是一部智謀之書，清人王嵩儒《掌固零拾》曾說：「本朝未入關之先，以翻譯《三國演義》爲兵略。」努爾哈赤、皇太極都很喜歡閱讀這本書，因爲書中具有眾多實用的政治智慧，以及領導統御的謀略，因此在現代的商業競爭中，《三國演義》也被當作一部「商戰」經典。

　　在事事高度競爭的今日，每個人都想獲取成功，但是成功與否除了勇於面對難題，更有賴於處世的智慧與善巧的應變能力，如此才能夠比他人及早發現問題並解決問題。因此，閱讀久遠的三國故事，不僅可以消遣娛樂，更可以立足於當代的現實中，從三國的故事領悟各種應世的善謀與人生的智慧，從而活用在日常生活中。

文本背景

　　《三國演義》作者羅貫中，名本，字貫中，元末明初的小說家和戲曲家。生卒年不詳，據考訂大致在元文宗到明太祖時期。賈仲明《錄鬼簿續編》記載羅貫中「與人寡合」、「遭時多故」，明末王圻輯《稗史彙編》則謂羅貫中「有志圖王者」，因爲朱元璋統一天下，於是才「傳神稗史」。羅貫中生長在元末天下動亂的時代裡，有自己的政治理想，參加過反抗

元朝的起義行動，明朝之後，則專心致力於小說創作。羅貫中編撰小說數十種，今存署名由其編著之小說，除了《三國志通俗演義》，另有《隋唐兩朝志傳》、《殘唐五代史演義》、《三遂平妖傳》，其中以「文不甚深，言不甚俗」的《三國志通俗演義》（《三國演義》原名）最能代表其創作成就。

　　三國史事最先由晉人陳壽編撰為正史《三國志》，其後，南朝宋人裴松之為陳壽的史書作注，徵引了眾多史料，為後來的三國故事提供了豐富的素材。隋唐時，民間藝人已經開始搬演三國故事，及至宋代，因為說書藝術的盛行，流傳愈廣，從而有專門「說三分」的專業藝人，元代時則被改編為戲劇以供舞臺表演。三國故事經由歷代說書人的創作、改編，最後在元末明初由羅貫中加以完善成為《三國志通俗演義》，成為中國最家喻戶曉的長篇章回小說。

　　《三國演義》敘述東漢末年以迄西晉統一期間，一個紛亂動盪卻英雄輩出時代的歷史故事。雖寫魏、蜀、吳三國之爭，其實總結了中國歷代在政治、軍事、外交各方面的鬥爭經驗，可謂中國傳統政治智慧之結晶，因此有中國政治、軍事、外交的「百科全書」之譽。

　　本文節選自《三國演義》第四十二回至第五十回有關「赤壁之戰」的部分內容。

赤壁之戰

元・羅貫中　著

　　曹操入城，安民已定，釋韓嵩之囚[1]，加爲大鴻臚[2]，其餘眾官各有封賞。

　　曹操與眾將議曰：「今劉備已投江夏，恐結連東吳，是滋蔓[3]也！當用何計破之？」荀攸曰：「我今大振兵威，遣使馳檄[4]江東，請孫權會獵於江夏，共擒劉備，分荊州之地，永結盟好。孫權必驚疑而來降，則吾事濟矣。」操從其計，一面發檄遣使赴東吳，一面計點馬步水軍共八十三萬，詐稱一百萬，水陸並進，船騎雙行，沿江而來，西連荊、陝，東接蘄、黃，寨柵連絡三百餘里。

　　話分兩頭。卻說江東孫權屯兵柴桑郡，聞曹操大軍至襄陽，劉琮已降，今又星夜兼道取江陵，乃集眾謀士商議禦守之策。

　　魯肅曰：「荊州與國鄰接，江山險固，士民殷富，吾若據而有之，此帝王之資也。今劉表新亡，劉備新敗，肅請奉命往江夏弔喪，因說劉備，使撫劉表眾將，同心一意，共破曹操。備若喜而從命，則大事

1　韓嵩本劉表幕僚，官渡戰前，奉劉表命至許都觀察曹操動靜，曹操拜為侍中。韓嵩返回荊州後，稱頌曹操盛德，劉表怒其懷有二心，將之下獄。劉琮投降、曹操進入荊州後，獲得釋放。

2　大鴻臚：官名，掌管朝賀慶弔的禮儀官。

3　滋蔓：以草木蔓延生長比喻勢力滋長擴大。

4　檄：古代用於徵召、聲討的官方文書。

可定矣。」權喜，從其言，即遣魯肅齎[5]禮往江夏弔喪。……

肅入城弔喪，收過禮物，劉琦請肅與玄德[6]相見。禮畢，邀入後堂飲酒。……

肅見孔明，禮畢，問曰：「向[7]慕先生才德，未得拜晤。今幸得遇，願聞目今安危之事。」

孔明曰：「曹操奸計亮已盡知，但恨力未及，故且避之。」

肅曰：「皇叔今將止於此乎？」

孔明曰：「使君[8]與蒼梧太守吳臣有舊，將往投之。」

肅曰：「吳臣糧少兵微，自不能保，焉能容人？」

孔明曰：「吳臣處雖不足久居，今且暫依之，別有良圖。」

肅曰：「孫將軍虎踞六郡，兵精糧足，又極敬賢禮士，江東[9]英雄，多歸附之。今為君計，莫若遣心腹往結東吳，以共圖大事。」

孔明曰：「劉使君與孫將軍自來無舊，恐徒費詞

5　齎：ㄐㄧ，拿。

6　玄德：劉備，字玄德，漢景帝之子中山靖王劉勝的後代，漢獻帝曾稱其「皇叔」，故時人敬稱「劉皇叔」。又，曹操曾表奏劉備為豫州牧，故又稱「劉豫州」。

7　向：一向，一直以來。

8　使君：原是尊稱奉天子之命、出使四方之使者，後用以尊稱官吏、長官。

9　江東：古代指稱長江下游蕪湖、南京以下的南岸地區，也泛指長江下游地區。亦稱「江左」。

說。且別無心腹之人可使。」

肅曰：「先生令兄現爲江東參謀，日望與先生相見。肅不才，願與公同見孫將軍，共議大事。」

玄德曰：「孔明是吾之師，頃刻不可相離。安可去也！」

肅堅請孔明同去。玄德佯[10]不許。孔明曰：「事急矣！請奉命一行。」玄德方才許諾。魯肅遂別了玄德、劉琦，與孔明登舟，望柴桑郡來。[11]

二人在舟中共議。魯肅謂孔明曰：「先生見孫將軍，切不可實言曹操兵多將廣！」

孔明曰：「不須子敬叮嚀，亮自有對答之語。」

及船到岸，肅請孔明於館驛[12]中暫歇，先自往見孫權。……次日，至館驛中見孔明，又囑曰：「今見我主，切不可言曹操兵多！」孔明笑曰：「亮自見機而行，決不有誤。」……引至堂上，孫權降階而迎，優禮相待。施禮畢，賜孔明坐，眾文武分兩行而立。魯肅立於孔明之側，只看他講話。孔明致玄德之意畢，偷眼看孫權，碧眼紫鬚，堂堂一表。孔明暗思：「此人相貌非常，只可激，不可說。等他問時，用言激之便了！」

獻茶已畢，孫權曰：「常聞魯子敬談足下之才，今幸得相見，敢求教益！」

10　佯：假裝。

11　以上出自第四十二回〈張翼德大鬧長坂橋，劉豫州敗走漢津口〉。

12　館驛：驛站上設的旅舍。

孔明曰：「不才無學，有辱明問。」

權曰：「足下近在新野佐劉豫州與曹操決戰，必深知彼軍虛實。」

孔明曰：「劉豫州兵微將寡，更兼新野城小無糧，安能與曹操相持！」

權曰：「曹兵共有多少？」孔明曰：「馬步水軍約有一百餘萬！」

權曰：「莫非詐乎？」

孔明曰：「非詐也！曹操就兗州已有青州軍二十萬，平了袁紹，又得五、六十萬，中原新招之兵三、四十萬，今又得荊州之兵二、三十萬。以此計之，不下一百五十萬。亮以百萬言之，恐驚江東之士也！」魯肅在旁，聞言失色，以目視孔明，孔明只做不見。

權曰：「曹操部下，戰將還有多少？」

孔明曰：「足智多謀之士，能征慣戰之將，何止一二千人！」

權曰：「今曹操平了荊、楚，復有遠圖乎？」

孔明曰：「即今沿江下寨，準備戰船，不欲圖江東，待取何地！」

權曰：「若彼有吞併之意，戰與不戰，請足下為我一決。」

孔明曰：「亮有一言，但恐將軍不肯聽從！」

權曰：「願聞高論！」

孔明曰：「向者宇內大亂，故將軍起江東，劉豫

州收眾漢南，與曹操並爭天下。今操芟除[13]大難，略已平矣。近又新破荊州，威震海內。縱有英雄，無用武之地，故豫州遁逃至此。願將軍量力而處之，若能以吳、越之眾，與中國[14]抗衡，不如早與之絕；若其不能，何不從眾謀士之論，按兵束甲[15]，北面[16]而事之？」權未及答，孔明又曰：「將軍外託服從之名，內懷疑貳[17]之見，事急而不斷，禍至無日矣！」

權曰：「誠如君言，劉豫州何不降操？」

孔明曰：「昔田橫[18]，齊之壯士耳，猶守義不辱。況劉豫州帝室之冑[19]，英才蓋世，眾士仰慕！事之不濟，此乃天也，又安能屈處人下乎？」

孫權聽了孔明此言，不覺勃然變色，拂衣[20]而起，退入後堂，眾皆哂笑而散。魯肅責孔明曰：「先生何故出此言？幸是我主寬洪大度，不即面責。先生之言，藐視我主甚矣！」

孔明仰面笑曰：「何如此不能容物耶？我自有破

---

13 芟除：除去、消滅。芟，ㄕㄢ，除草。

14 中國：指中原地區，即黃河中下游地區。

15 按兵束甲：按兵，指停止軍隊的行進；束甲，收起戰甲武器。解除武裝、投降的委婉說法。

16 北面：古代君主面朝南而坐，臣子朝見君主時，面朝北以拜，故稱臣為「北面」。

17 疑貳：疑惑不定。

18 田橫：齊國王室宗族，秦末自立為齊王。劉邦統一天下後，田橫率領部屬五百人逃至海島，劉邦遣使招降，田橫以北面臣事劉邦為恥而自殺，部屬五百人也隨其自殺。

19 冑：ㄓㄡˋ，帝王以及貴族之子孫。

20 拂衣：甩動衣袖，表示不悅、憤怒。

曹之計,彼不問我,我故不言。」

　　肅曰:「果有良策,肅當請主公求教。」

　　孔明曰:「吾視曹操百萬之眾,如群蟻耳!但我一舉手,則皆爲虀粉[21]矣!」

　　肅聞言,便入後堂見孫權。權怒氣未息,顧謂肅曰:「孔明欺吾太甚!」肅曰:「臣亦以此責孔明,孔明反笑主公不能容物。破曹之策,孔明不肯輕言,主公何不求之?」權回嗔作喜,曰:「原來孔明有良謀,故以言詞激我。我一時淺見,幾誤大事!」便同魯肅重復出堂,再請孔明敘話。

　　權見孔明,謝曰:「適來冒瀆威嚴,幸勿見罪!」

　　孔明亦謝曰:「亮言語冒犯,望乞恕罪!」

　　權邀孔明入後堂,置酒相待。數巡之後,權曰:「曹操平生所惡者,呂布、劉表、袁紹、袁術、豫州與孤[22]耳。今數雄已滅,獨豫州與孤尚存。孤不能以全吳之地,受制於人。吾計決矣!非劉豫州莫與當曹操者。然豫州新敗之後,安能抗此難乎?」

　　孔明曰:「豫州雖新敗,然關雲長猶率精兵萬人,劉琦領江夏戰士,亦不下萬人。曹操之眾,遠來疲憊;近追豫州,輕騎一日夜行三百里,此所謂『強弩之末,勢不能穿魯縞』[23]者也!且北方之人不習水

21　虀粉:粉末;碎屑。虀,ㄐㄧ。

22　孤:古代王侯之自稱。

23　強弩之末,勢不能穿魯縞:縞為白色絲織品,魯縞指魯地出產的白色生絹。強弩射出

戰，荊州士民附操者，迫於勢耳，非本心也。今將軍誠能與豫州協力同心，破曹軍必矣！操軍破，必北還，則荊、吳之勢強，而鼎足之形成矣！成敗之機在於今日，惟將軍裁之！」

權大悅曰：「先生之言，頓開茅塞[24]。吾意已決，更無他疑！即日商議起兵，共滅曹操！」遂令魯肅將此意傳諭文武官員，就送孔明於館驛安歇。[25]

周瑜在鄱陽湖訓練水師，聞曹操大軍至漢上，便星夜回柴桑郡議軍機事。……至晚，人報魯子敬引孔明來拜，瑜出中門迎入，敘禮畢，分賓主而坐。

肅先問瑜曰：「今曹操驅眾南侵，和與戰二策，主公不能決，一聽於將軍。將軍之意若何？」

瑜曰：「曹操以天子為名，其師不可拒。且其勢大，未可輕敵；戰則必敗，降則易安。吾意已決！來日見主公，便當遣使納降。」

魯肅愕然曰：「君言差矣！江東基業，已歷三世，豈可一旦棄於他人？伯符[26]遺言：外事付託將軍。今正欲仗將軍保全國家，為泰山之靠，奈何亦從懦夫之議耶？」

的箭，到了射程的盡頭，力量衰弱，連細薄的絹帛也無法穿透。

[24] 茅塞：茅草堵塞山徑。《孟子·盡心下》：「山徑之蹊間，介然用之而成路，為間不用，則茅塞之矣。」塞，ㄙㄜˋ。

[25] 以上出自第四十三回〈諸葛亮舌戰群儒，魯子敬力排眾議〉。

[26] 伯符：孫策，字伯符，孫權之兄。父親孫堅戰死後，整軍渡江，據有江東之地，後因中箭，傷重而卒。

瑜曰：「江東六郡，生靈無限，若罹兵革[27]之禍，必有歸怨於我，故決計請降耳。」

肅曰：「不然！以將軍之英雄，東吳之險固，操未必便能得志也。」

二人互相爭辯，孔明只袖手冷笑。瑜曰：「先生何故哂笑？」

孔明曰：「亮不笑別人，笑子敬不識時務耳。」

肅曰：「先生如何反笑我不識時務？」

孔明曰：「公瑾主意欲降操，甚爲合理。」

瑜曰：「孔明乃識時務之士，必與我有同心。」

肅曰：「孔明，你也如何說此？！」

孔明曰：「操極善用兵，天下莫敢當。向只有呂布、袁紹、袁術、劉表敢與對敵。今數人皆被操滅，天下無人矣。獨有劉豫州不識時務，強與爭衡[28]，今孤身江夏，存亡未保。將軍決計降曹，可以保妻子，可以全富貴。國祚[29]遷移，付之天命，何足惜哉！」

魯肅大怒曰：「汝教我主屈膝受辱於國賊乎？」

孔明曰：「愚有一計，並不勞牽羊擔酒，納土獻印，亦不須親自渡江。只須遣一介之使，扁舟送兩個人到江上。操若得此兩人，百萬之眾皆卸甲捲旗而退矣。」

瑜曰：「用何二人，可退操兵？」孔明曰：「江

---

27 兵革：兵器和甲冑，借代戰爭。

28 爭衡：比較高低、勝負。

29 國祚：國運。祚，ㄗㄨㄛˋ。

東去此兩人，如大木飄一葉，太倉減一粟耳。而操得之，必大喜而去。」

瑜又問：「果用何二人？」孔明曰：「亮居隆中時，即聞操於漳河新造一臺，名曰『銅雀』，極其壯麗！廣選天下美女以實其中。操本好色之徒，久聞江東喬公有二女，長曰大喬，次曰小喬，有沉魚落雁之容，閉月羞花之貌。操曾發誓曰：『吾一願掃平四海，以成帝業；二願得江東二喬，置之銅雀臺，以樂晚年，雖死無恨矣。』今雖引百萬之眾虎視江南，其實爲此二女也。將軍何不去尋喬公，以千金買此二女，差人送與曹操？操得二女，稱心滿意，必班師矣。此范蠡獻西施之計，何不速爲之？」

瑜曰：「操欲得二喬，有何證驗？」

孔明曰：「曹操幼子曹植，字子建，下筆成文。操嘗命作一賦，名曰〈銅雀臺賦〉，賦中之意，單道他家合爲天子，誓取二喬。」

瑜曰：「此賦公能記否？」

孔明曰：「吾愛其文華美，嘗竊記之。」

瑜曰：「試請一誦。」

孔明即時誦〈銅雀臺賦〉……周瑜聽罷，勃然大怒！離座指北而罵曰：「老賊欺吾太甚！」孔明急起止之曰：「昔單于屢侵疆界，漢天子許以公主和親，今何惜民間二女乎？」

瑜曰：「公有所不知。大喬是孫伯符將軍主婦，小喬乃瑜之妻也！」

孔明佯作惶恐之狀，曰：「亮實不知！失口亂言，死罪！死罪！」

瑜曰：「吾與老賊誓不兩立！」

孔明曰：「事須三思，免致後悔。」

瑜曰：「吾承伯符寄託，安有屈身降操之理？適來[30]所言，故相試耳。吾自離鄱陽湖，便有北伐之心，雖刀斧加頭，不易其志也！望孔明助一臂之力，同破操賊！」

孔明曰：「若蒙不棄，願效犬馬之勞，早晚拱聽驅策。」

瑜曰：「來日入見主公，便議起兵。」孔明與魯肅辭出，相別而去。……

次日平明，瑜赴行營，升中軍帳[31]高坐。左右立刀斧手，聚集文官武將聽令。原來程普年長於瑜，今瑜爵居其上，心中不樂，是日，乃託病不出，令長子程咨自代。瑜令眾將曰：「王法無親，諸君各守乃職。方今曹操弄權，甚於董卓！囚天子於許昌，屯暴兵於境上。吾今奉命討之，諸君幸皆努力向前！大軍到處，不得擾民。賞勞罰罪，並不徇縱。」……程咨回見父程普，說：「周瑜調兵，動止有法。」普大驚，曰：「我素欺周郎懦弱，不足為將，今能如此，真將才也。我如何不服？」遂親詣行營謝罪。瑜亦遜

---

30 適來：剛才。

31 中軍帳：古代軍隊多分為左、中、右，或上、中、下三軍，中軍由主帥親自率領。中軍帳是軍隊主帥居住的營帳。

謝。……[32]

周瑜分撥已定，使人請孔明議事。孔明至中軍帳，敘禮畢。瑜曰：「昔曹操兵少，袁紹兵多，而操反勝紹者，因用許攸之謀，先斷烏巢之糧也。今操兵八十三萬，我兵只五、六萬，安能拒之？亦必須先斷操之糧，然後可破。我已探知曹軍糧草俱屯於聚鐵山。先生久居漢上，熟知地理。敢煩先生與關、張、子龍輩，吾亦助兵千人，星夜往聚鐵山，斷操糧道。彼此各為主人之事，幸勿推調！」……

孔明辭出，魯肅密謂瑜曰：「公使孔明劫糧，是何意見？」瑜曰：「吾欲殺孔明，恐惹人笑。故借曹操之手殺之，以絕後患耳。」

肅聞言，乃往見孔明，看他知也不知。只見孔明略無難色，整點軍馬要行。肅不忍，以言挑[33]之曰：「先生此去可成功否？」

孔明笑曰：「吾水戰、步戰、馬戰、車戰，各盡其妙，何愁功績不成？非比江東公與周郎輩，止一能也。」

肅曰：「吾與公瑾何謂一能？」

孔明曰：「吾聞江南小兒謠[34]云：『伏路把關饒[35]子敬，臨江水戰有周郎。』公等於陸地但能伏路

---

32 以上出自第四十四回〈孔明用智激周瑜，孫權決計破曹操〉。

33 挑：ㄊㄧㄠˇ，引誘，逗弄。通誂。

34 謠：民間不用樂器伴奏傳唱的歌謠。

35 饒：任憑、儘管。

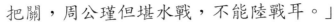

把關，周公瑾但堪水戰，不能陸戰耳。」

　　肅乃以此言告知周瑜。瑜怒曰：「何欺我不能陸戰耶？！不用他去，我自引一萬馬軍，往聚鐵山斷操糧道！」

　　肅又將此言告孔明。孔明笑曰：「公瑾令吾斷糧者，實欲使曹操殺吾耳。吾故以片言戲之，公瑾便容納不下。目今用人之際，只願吳侯與劉使君同心，則功可成；如各相謀害，大事休矣。操賊多謀，他平生慣斷人糧道，今如何不以重兵提備？公瑾若去，必爲所擒。今只當先決水戰，挫動北軍銳氣，別尋妙計破之。望子敬善言以告公瑾爲幸。」

　　魯肅遂連夜回見周瑜，備述孔明之言。瑜搖首頓足曰：「此人見識勝吾十倍，今不除之，後必爲我國之禍！」

　　肅曰：「今用人之際，望以國家爲重。且待破曹之後，圖之未晚。」瑜然其說。……

　　卻說麋竺回見玄德，具言：「周瑜欲請主公到彼面會，別有商議。」玄德便教收拾快船一隻，只今便行。

　　雲長諫曰：「周瑜多謀之士，又無孔明書信，恐其中有詐，不可輕去！」

　　玄德曰：「我今結東吳以共破曹操，周郎欲見我，我若不往，非同盟之意。兩相猜忌，事不諧矣。」

　　雲長曰：「兄長若堅意要去，弟願同往。」

張飛曰：「我也跟去！」

玄德曰：「只雲長隨我去。翼德與子龍守寨，簡雍固守鄂縣，我去便回。」分付畢，即與雲長乘小舟，并從者二十餘人，飛棹[36]赴江東。玄德觀看江東艨艟[37]戰艦，旌旗甲兵，左右分布整齊，心中甚喜。

軍士飛報周瑜：「劉豫州來了！」瑜問：「帶多少船隻來？」軍士答曰：「只有一隻船，二十餘從人。」瑜笑曰：「此人命合休矣！」乃命刀斧手先埋伏定，然後出寨迎接。

玄德引雲長等二十餘人直到中軍帳，敘禮畢。瑜請玄德上坐，玄德曰：「將軍名傳天下，備不才，何煩將軍重禮？」乃分賓主而坐，周瑜設宴相待。

且說孔明偶來江邊，聞說玄德來此與都督相會，吃了一驚，急入中軍帳竊看動靜。只見周瑜面有殺氣，兩邊壁衣[38]中密排刀斧手。孔明大驚曰：「似此如之奈何？」回視玄德，談笑自若。卻見玄德背後一人，按劍而立，乃雲長也。孔明喜曰：「吾主無危矣！」遂不復入，仍回身至江邊等候。

周瑜與玄德飲宴，酒行數巡，瑜起身把盞，猛見雲長按劍立於玄德背後，忙問何人。玄德曰：「吾弟關雲長也。」

瑜驚曰：「非向日斬顏良、文醜者乎？」

---

36 飛棹：飛快的划槳，指舟行迅速。棹，ㄓㄠˋ，同「櫂」，船槳，可借代船。

37 艨艟：ㄇㄥˊ ㄔㄨㄥˊ，古代一種戰船，船體以牛皮保護。

38 壁衣：用織錦或布帛製作，裝飾牆壁的帷幕。

玄德曰：「然也。」瑜大驚，汗流浹背，便斟酒與雲長把盞。少頃，魯肅入。玄德曰：「孔明何在？煩子敬請來一會。」

瑜曰：「且待破了曹操，與孔明相會未遲。」

玄德不敢再言，雲長以目視玄德，玄德會意，即起身辭瑜曰：「備暫告別。即日破敵收功之後，專當叩賀。」瑜亦不留，送出轅門³⁹。

玄德別了周瑜，與雲長等來至江邊，只見孔明已在舟中，玄德大喜。孔明曰：「主公知今日之危乎？」

玄德愕然曰：「不知也。」

孔明曰：「若無雲長，主公幾為周郎所害矣！」玄德方才省悟，便請孔明同回樊口。孔明曰：「亮雖居虎口，安如泰山。今主公但收拾船隻軍馬候用。以十一月二十甲子日後為期，可令子龍駕小舟來南岸邊等候，切勿有誤！」

玄德問其意？孔明曰：「但看東南風起，亮必還矣。」……

操問眾將曰：「昨日輸了一陣，挫動銳氣。今又被他探窺吾寨，吾當作何計破之？」言未畢，忽帳下一人出曰：「某自幼與周郎同窗交契，願憑三寸不爛之舌，往江東說此人來降。」曹操大喜，視之，乃九江人，姓蔣名幹，字子翼，現為帳下幕賓。

---

39 轅門：古代帝王出巡狩獵住宿時，以馬車圍繞做為藩籬；在出入之處仰抬兩輛馬車，使車轅相對，成為簡單的門口，稱為「轅門」。後用以指軍隊主帥所在的營門。

操問曰：「子翼與周公瑾相厚乎？」

幹曰：「丞相放心！幹到江左，必要成功。」

操問：「要將[40]何物去？」

幹曰：「只消[41]一童隨往，二僕駕舟，其餘不用。」

操甚喜，置酒與蔣幹送行。幹葛巾布袍，駕一隻小舟，逕到周瑜寨中，命傳報：「故人蔣幹相訪。」周瑜正在帳中議事，聞幹至，笑謂諸將曰：「說客至矣！」遂與眾將附耳低言如此如此，眾皆應命而去。……敍禮畢，坐定。即傳令悉召江左英傑與子翼相見。須臾，文官武將各穿錦衣，帳下偏裨將校都披銀鎧，分兩行而入。瑜都教相見畢，就列於兩傍而坐。大張筵席，奏軍中得勝之樂，輪換行酒。瑜告眾官曰：「此吾同窗契友也。雖從江北到此，卻不是曹家說客，公等勿疑。」遂解佩劍付太史慈曰：「公可佩我劍作監酒[42]。今日宴飲，但敍朋友交情，如有提起曹操與東吳軍旅之事者，即斬之！」太史慈應諾，按劍坐於席上。蔣幹驚愕，不敢多言。周瑜曰：「吾自領軍以來，滴酒不飲，今日見了故人，又無疑忌，當飲一醉！」說罷大笑暢飲，座上觥籌交錯[43]。……

40　將：持，拿。

41　消：需要。

42　監酒：酒宴上臨時監督禮儀的官員。

43　觥籌交錯：酒杯和酒籌交相錯雜，形容許多人相聚飲酒的熱鬧情景。籌，酒籌，飲酒時用以記數或行令。

　　至夜深，幹辭曰：「不勝酒力矣。」瑜命撤席，諸將辭出。瑜曰：「久不與子翼同榻，今宵抵足而眠[44]。」於是佯作大醉之狀，攜幹入帳共寢。瑜和衣倒臥，嘔吐狼藉。蔣幹如何睡得著？伏枕聽時，軍中鼓打二更，起視殘燈尚明，看周瑜時鼻息如雷。幹見帳內桌上堆著一卷文書，乃起床偷視之，卻都是往來書信，內有一封，上寫：「蔡瑁張允謹封」，幹大驚，暗讀之。書略曰：「某等降曹，非圖仕祿，迫於勢耳。今已賺[45]北軍困於寨中，但得其便，即將曹操之首獻於麾下。早晚人到，便有關報[46]，幸勿見疑！先此敬覆。」幹思曰：「原來蔡瑁、張允結連東吳！」遂將書暗藏於衣內。再欲檢看他書時，床上周瑜翻身，幹急滅燈就寢。

　　瑜口內含糊曰：「子翼，我數日之內，教你看曹賊之首！」幹勉強應之。瑜又曰：「子翼且住！教你看操賊之首！」及幹問之，瑜又睡著。幹伏於床上，將近四更，只聽得有人入帳，喚曰：「都督醒否？」周瑜夢中做忽覺之狀，故問那人曰：「床上睡著何人？」答曰：「都督請子翼同寢，何故忘卻？」瑜懊悔曰：「吾平日未嘗飲醉，昨日醉後失事，不知可曾說什言語？」那人曰：「江北有人到此。」瑜喝「低聲！」便喚「子翼」，蔣幹只裝睡著。瑜潛出帳。幹

44　抵足而眠：指同床而眠，形容雙方情誼深厚。

45　賺：欺騙。

46　關報：以文書通知。

竊聽之，只聞有人在外曰：「張、蔡二都督道急切不得下手。」後面言語頗低，聽不真實。少頃，瑜入帳，又喚「子翼」，蔣幹只是不應，蒙頭假睡。瑜亦解衣就寢。

幹尋思：「周瑜是個精細人，天明尋書不見，必然害我！」睡至五更，幹起喚周瑜，瑜卻睡著。幹戴上巾帽，潛步出帳，喚了小童，逕出轅門。軍士問：「先生那裡去？」幹曰：「吾在此恐誤都督事，權且告別。」軍士亦不阻擋。

幹上船，飛棹回見曹操。操問：「子翼幹事若何？」

幹曰：「周瑜雅量高致，非言詞所能動也！」

操怒曰：「事又不濟，反爲所笑！」

幹曰：「雖不能說周瑜，卻與丞相打聽得一件事，乞退左右。」幹取出書信，將上項事逐一說與曹操。

操大怒曰：「二賊如此無禮耶！」即便喚蔡瑁、張允到帳下。操曰：「我欲使汝二人進兵。」瑁曰：「軍尚未曾練熟，不可輕進。」操怒曰：「軍若練熟，吾首級獻於周郎矣！」蔡、張二人不知其意，驚慌不能回答。操喝武士推出斬之。須臾，獻頭帳下，操方省悟曰：「吾中計矣！」……[47]

周瑜聚眾將於帳下，教請孔明議事，孔明欣然而至。坐定，瑜問孔明曰：「即日將與曹軍交戰，水路

---

[47] 以上出自第四十五回〈三江口曹操折兵，群英會蔣幹中計〉。

交兵，當以何兵器爲先？」

孔明曰：「大江之上，以弓箭爲先。」

瑜曰：「先生之言甚合愚意。但今軍中正缺箭用，敢煩先生監造十萬枝箭，以爲應敵之具。此係公事，先生幸勿推卻！」

孔明曰：「都督見委[48]，自當效勞！敢問十萬枝箭何時要用？」

瑜曰：「十日之內，可完辦否？」

孔明曰：「操軍即日將至，若候十日必誤大事。」

瑜曰：「先生料幾日可完辦？」

孔明曰：「只消三日，便可拜納十萬枝箭。」

瑜曰：「軍中無戲言！」

孔明曰：「怎敢戲都督？！願納軍令狀，三日不辦，甘當重罰！」

瑜大喜，喚軍政司當面取了文書，置酒相待，曰：「待軍事畢後，自有酬勞。」

孔明曰：「今日已不及，來日造起。至第三日，可差五百小軍到江邊搬箭。」飲了數杯，辭去。

魯肅曰：「此人莫非詐乎？」

瑜曰：「他自送死，非我逼他。今明白對眾要了文書，他便兩脅生翅，也飛不去！我只分付軍匠人等，教他故意遲延。凡應用物件，都不與齊備，如此

---

48 見委：託付。見，用於動詞前，表示主體對所涉及之對象如何。如「請見諒」、「請勿見笑」。

必然誤了日期！那時定罪，有何理說？！公今可去探他虛實，卻來回報。

蕭領命來見孔明。孔明曰：「吾曾告子敬，休對公瑾說，他必要害我！不想子敬不肯為我隱諱，今日果然又弄出事來。三日內如何造得十萬箭？！子敬只得救我。」

蕭曰：「公自取其禍，我如何救得你？」

孔明曰：「望子敬借我二十隻船，每船要軍士三十人，船上皆用青布為幔，各束草千餘個，分布兩邊。吾別有妙用。第三日包管有十萬枝箭。只不可又教公瑾得知，若彼知之，吾計敗矣！」

蕭允諾，卻不解其意，回報周瑜，果然不提起借船之事。只言孔明並不用箭竹、翎毛、膠漆等物，自有道理。瑜大疑曰：「且看他三日後如何回覆我。」

卻說魯蕭私自撥輕快船二十隻，各船三十餘人，並布幔、束草等物，盡皆齊備，候孔明調用。第一日卻不見孔明動靜，第二日亦只不動。至第三日四更時分，孔明密請魯蕭到船中，蕭問曰：「公召我來何意？」孔明曰：「特請子敬同往取箭。」蕭曰：「何處去取？」孔明曰：「子敬休問，前去便見。」遂命將二十隻船用長索相連，逕望北岸進發。是夜大霧漫天，長江之中霧氣更甚，對面不相見，孔明促舟前進。……當夜五更時候，船已近曹操水寨。孔明教把船隻頭西尾東，一帶擺開，就船上擂鼓吶喊！魯蕭驚曰：「倘曹兵齊出，如之奈何？」孔明笑曰：「吾料

曹操於重霧中必不敢出。吾等只顧酌酒取樂，待霧散便回。」

卻說曹操寨中聽得擂鼓吶喊，毛玠、于禁二人慌忙飛報曹操。操傳令曰：「重霧迷江，彼軍忽至，必有埋伏，切不可輕動！可撥水軍弓弩手亂箭射之。」又差人往旱寨內喚張遼、徐晃各帶弓弩軍三千，火速到江邊助射。比及號令到來，毛玠、于禁，怕南軍搶入水寨，已差弓弩手在寨前放箭。少頃，旱寨內弓弩手亦到，約一萬餘人，盡皆向江中放箭。箭如雨發。孔明教把船掉回，頭東尾西，逼近水寨受箭，一面擂鼓吶喊！待至日高霧散，孔明令收船急回。二十隻船兩邊束草上，排滿箭枝。孔明令各船上軍士齊聲叫曰：「謝丞相箭！」比及曹軍寨內報知曹操時，這裡船輕水急，已放回二十餘里，追之不及，曹操懊悔不已。……

卻說周瑜夜坐帳中，忽見黃蓋潛入中軍來見周瑜。瑜曰：「公覆夜至，必有良謀見教。」蓋曰：「彼眾我寡，不宜久持，何不用火攻之？」

瑜曰：「誰教公獻此計？」蓋曰：「某出自己意，非他人之所教也。」

瑜曰：「吾正欲如此，故留蔡中、蔡和詐降之人[49]，以通消息。但恨無一人為我行詐降計耳。」蓋曰：「某願行此計。」

---

49 蔡中、蔡和詐降之人：蔡中、蔡和原為荊州將領，投降曹操後，被派往東吳詐降，藉機刺探軍情。

瑜曰：「不受些苦，彼如何肯信？」蓋曰：「某受孫氏厚恩，雖肝腦塗地，亦無怨悔。」瑜拜而謝之，曰：「君若肯行此苦肉計，則江東之萬幸也。」蓋曰：「某死亦無怨！」遂謝而出。

　　次日，周瑜鳴鼓大會諸將於帳下，孔明亦在座。周瑜曰：「操引百萬之眾，連絡三百餘里，非一日可破。今令諸將各領三個月糧草，準備禦敵。」言未訖，黃蓋進曰：「莫說三個月，便支三十個月糧草，也不濟事。若是這個月能破便破；若是這個月不能破，只可依張子布之言[50]，棄甲倒戈，北面而降之耳！」

　　周瑜勃然變色，大怒曰：「吾奉主公之命，督兵破曹，敢有再言降者必斬！今兩軍相敵之際，汝敢出此言，慢我軍心，不斬汝首，難以服眾！」喝左右將黃蓋斬訖報來。黃蓋亦怒曰：「吾自隨破虜將軍[51]，縱橫東南，已歷三世，那有你來！」瑜大怒，喝令速斬。甘寧進前告曰：「公覆乃東吳舊臣，望寬恕之。」瑜喝曰：「汝何敢多言，亂吾法度！」先叱左右將甘寧亂棒打出。眾官皆跪告曰：「黃蓋罪固當誅，但於軍不利。望都督寬恕，權且記罪。破曹之後，斬亦未遲。」瑜怒未息。眾官苦苦哀求。瑜曰：「若不看眾官面皮，決須斬首！今且免死。」命左右拖翻，打一百脊杖，以正其罪。眾官又告免。瑜推翻

50　張子布之言：張昭，字子布，東吳大臣，赤壁戰前主張投降曹操。

51　破虜將軍：指孫權之父孫堅，袁術曾表奏孫堅為破虜將軍，故稱。

案桌，叱退眾官，喝教行杖。將黃蓋剝了衣服，拖翻在地，打了五十脊杖。眾官又復苦苦求免。瑜躍起指蓋曰：「汝敢小覷我耶！且記下五十棍，再有怠慢，二罪俱罰！」恨聲不絕而入帳中。眾官扶起黃蓋，打得皮開肉綻，鮮血迸流，扶歸本寨，昏絕幾次。動問之人，無不下淚。……[52]

卻說闞澤字德潤，會稽山陰人也。家貧好學，嘗借人書來看，看過一遍，便不遺忘。口才辨給[53]，少有膽氣。孫權召爲參謀，與黃蓋最相善。蓋知其能言有膽，故欲使獻詐降書。澤欣然應諾。……

澤領了書，只就當夜扮作漁翁，駕小舟望北岸而行。是夜寒星滿天，三更時候，早到曹軍水寨，巡江軍士拏[54]住，連夜報知曹操。操曰：「莫非是奸細麼？」軍士曰：「只一漁翁，自稱是東吳參謀闞澤，有機密事來見。」操便教引將入來。軍士引闞澤至，只見帳上燈燭輝煌，曹操憑几危坐，問曰：「汝既是東吳參謀，來此何幹？」

澤曰：「人言曹丞相求賢若渴，今觀此問，甚不相合。黃公覆，汝又錯尋思了也！」操曰：「吾與東吳旦夕交兵，汝私行到此，如何不問？」

澤曰：「黃公覆乃東吳三世舊臣，今被周瑜於眾將之前無端毒打，不勝忿恨。因欲投降丞相，爲報讎

---

[52] 以上出自第四十六回〈用奇謀孔明借箭，獻密計黃蓋受刑〉。

[53] 辨給：口才敏捷。辨通辯。給，ㄐㄧˇ。

[54] 拏：ㄋㄚˊ，同拿。

之計，特謀之於我。我與公覆情同骨肉，逕來爲獻密書。未知丞相肯容納否？」

操曰：「書在何處？」闞澤把書呈上。操拆書，就燈下觀看。……曹操於几案上翻覆將書看了十餘次，忽然拍案張目大怒曰：「黃蓋用苦肉計，令汝下詐降書，就中取事，卻敢來戲侮我耶！」便教左右推出斬之。左右將闞澤簇下。澤面不改容，仰天大笑。操教牽回，叱曰：「吾已識破奸計，汝何故哂笑？」

澤曰：「吾不笑你，吾笑黃公覆不識人耳。」操曰：「何不識人？」

澤曰：「殺便殺，何必多問！」操曰：「吾自幼熟讀兵書，深知奸僞之道。汝這條計，只好瞞別人，如何瞞得我！」

澤曰：「你且說書中哪件事是奸計？」操曰：「我說出你那破綻，教你死而無怨！你既是眞心獻書投降，如何不明約幾時？如今你有何理說？」

闞澤聽罷，大笑曰：「虧汝不惶恐，敢自誇熟讀兵書！還不及早收兵回去。倘若交戰，必被周瑜擒矣！無學之輩，可惜吾屈死汝手！」

操曰：「何謂我無學？」澤曰：「汝不識機謀[55]，不明道理，豈非無學？」

操曰：「你且說我那幾般不是處？」

澤曰：「汝無待賢之禮，吾何必言？但有死而已。」

---

55 機謀：重要的謀略。

操曰：「汝若說得有理，我自然敬服。」

澤曰：「豈不聞『背主作竊，不可定期？』倘今約定日期，急切下不得手，這裡反來接應，事必洩漏。但可覷便而行，豈可預期相訂乎？汝不明此理，欲屈殺好人，真無學之輩也！」

操聞言，改容下席而謝曰：「某見事不明，誤犯尊威，幸勿掛懷。」

澤曰：「吾與黃公覆傾心投降，如嬰兒之望父母，豈有詐乎？」操大喜。……

卻說曹操連得二書，心中疑惑不定，聚眾謀士商議曰：「江左甘寧被周瑜所辱，願為內應；黃蓋受責，令闞澤來納降，俱未可深信。誰敢直入周瑜寨中探聽實信？」蔣幹進曰：「某前日空往東吳，未得成功，深懷慚愧。今願捨身再往，務得實信，回報丞相。」

操大喜，即時令蔣幹上船。幹駕小舟迳到江南水寨邊，便使人傳報。周瑜聽得蔣幹又到，大喜曰：「吾之成功，只在此人身上！」遂囑咐魯肅：「請龐士元來，為我如此如此。」……幹見不來接，心中疑慮，教把船於僻靜岸口繫纜，乃入寨見周瑜。瑜作色[56]曰：「子翼何故欺我太甚？！」蔣幹笑曰：「吾想與你乃舊日弟兄，特來吐心腹事，何言相欺也？」

瑜曰：「汝要說吾降，除非海枯石爛！前番吾念舊日交情，請你痛飲一醉，留你共榻，你卻盜吾私

---

56 作色：改變臉色，指發怒或神情嚴肅。

書，不辭而去，歸報曹操，殺了蔡瑁、張允，致使吾事不成。今日何故又來？必不懷好意。吾不看舊日之情，一刀兩斷！本待送你過去，爭奈[57]吾一二日間，便要破曹賊。待留你在軍中，又必有洩漏！」便教左右：「送子翼往西山庵中歇息。待吾破了曹操，那時渡你過去未遲！」蔣幹再欲開言，周瑜已入帳後去了。左右取馬與蔣幹乘坐，送到西山背後小庵歇息，撥兩個軍人服侍。

　　蔣幹在庵內，心中憂悶，寢食不安。是夜星露滿天，幹獨步出庵後，只聽得讀書之聲。信步尋去，見山巖畔有草屋數椽[58]，內射燈光。幹往窺之，只見一人挂劍燈前，誦孫吳兵書，幹思此必異人也，叩戶請見。其人開門出迎，儀表非俗。幹問姓名，答曰：「姓龐名統，字士元。」幹曰：「莫非鳳雛先生否？」統曰：「然也。」幹喜曰：「久聞大名，今何僻居此地？」答曰：「周瑜自恃才高，不能容物，吾故隱居於此。公乃何人？」幹曰：「吾蔣幹也。」統乃邀入草庵，共坐談心。

　　幹曰：「以公之才，何往不利？如肯歸曹，幹當引進！」

　　統曰：「吾亦欲離江東久矣。公既有引進之心，即今便當一行。如遲，則周瑜聞之，必將見害。」於是與幹連夜下山，至江邊尋著原來船隻，飛棹投江

---

57 爭奈：怎奈，無奈。

58 椽：ㄔㄨㄢˊ，原指架在桁上用以承接木條及屋頂的木材，後用以借代房屋。

北。既至操寨，幹先入見，備述前事。操聞鳳雛先生來，親自出帳迎入，分賓主坐定。……置酒共飲，同說兵機。統高談雄辯，應答如流。操深敬服，慇懃相待。

統佯醉曰：「敢問軍中有良醫否？」操問：「何用？」

統曰：「水軍多疾，須用良醫治之。」時操軍因不服水土，俱生嘔吐之疾，多有死者。操正慮此事，忽聞統言，如何不問？統曰：「丞相教練水軍之法甚妙，但可惜不全。」操再三請問，統曰：「某有一策，使大小水軍並無疾病，安穩成功。」操大喜，請問妙策。統曰：「大江之中，潮生潮落，風浪不息。北兵不慣乘舟，受此顛簸，便生疾病。若以大船小船各皆配搭，或三十爲一排，或五十爲一排，首尾用鐵環連鎖，上鋪闊板，休言人可渡，馬亦可走矣。乘此而行，任他風浪潮水上下，復何懼哉？！」

曹操下席而謝曰：「非先生良謀，安能破東吳耶？」統曰：「愚淺之見，丞相自裁之。」操即時傳令，喚軍中鐵匠連夜打造連環大釘，鎖住船隻。諸軍聞之，俱各喜悅。……[59]

操升帳，謂眾謀士曰：「若非天命助我，安得鳳雛妙計！鐵索連舟，果然渡江如履平地。」

程昱曰：「船皆連鎖，固是平穩，但彼若用火攻，難以迴避，不可不防！」

---

[59] 以上出自第四十七回〈闞澤密獻詐降書，龐統巧授連環計〉。

操大笑曰：「程仲德雖有遠慮，卻還有見不到處。」

荀攸曰：「仲德之言甚是，丞相何故笑之？」

操曰：「凡用火攻，必藉風力。方今隆冬之際，但有西風、北風，安有東風、南風耶？吾居於西北之上，彼兵皆在南岸，彼若用火，是燒自己之兵也，吾何懼哉？！若是十月小春之時，吾早已隄備矣。」諸將皆拜伏曰：「丞相高見，眾人不及。」……

周瑜於山頂看隔江戰船，盡入水寨。瑜顧謂眾將曰：「江北戰船，如蘆葦之密！操又多謀，當用何計以破之？」眾未及對，忽見曹軍寨中，被風吹折中央黃旗，飄入江中。瑜大笑曰：「此不祥之兆也！」正觀之際，忽狂風大作，江中波濤拍岸。一陣風過，刮起旗角，於周瑜臉上拂過。瑜猛然想起一事在心，大叫一聲，往後便倒，口吐鮮血。諸將急救起時，卻早不省人事。[60]

肅先入見周瑜，瑜以被蒙頭而臥。

肅曰：「都督病勢若何？」周瑜曰：「心腹攪痛，時復昏迷。」

肅曰：「曾服何藥餌？」瑜曰：「心中嘔逆，藥不能下。」

肅曰：「適來去望孔明，言能醫都督之病。現在帳外，請來醫治如何？」

瑜命請入，教左右扶起，坐於床上。孔明曰：

60　以上出自第四十八回〈宴長江曹操賦詩，鎖戰船北軍用武〉。

「連日不晤君顏，何期貴體不安？」

瑜曰：「『人有旦夕禍福』，豈能自保？」

孔明笑曰：「『天有不測風雲』，人又豈能料乎？」瑜聞失色，乃作呻吟之聲。

孔明曰：「都督心中似覺煩積否？」瑜曰：「然。」

孔明曰：「必須用涼藥以解之。」瑜曰：「已服涼藥，全然無效。」

孔明曰：「須先理其氣，氣若順，則呼吸之間自然可痊。」瑜料孔明必知其意，乃以言挑之曰：「欲得順氣，當服何藥？」

孔明笑曰：「亮有一方，便教都督氣順。」瑜曰：「願先生賜教。」

孔明索紙筆，屏退左右，密書十六字曰：「欲破曹公，宜用火攻。萬事俱備，只欠東風！」寫畢，遞與周瑜曰：「此都督病源也！」瑜見了大驚，暗思：「孔明眞神人也！早已知我心事，只索以實情告之。」乃笑曰：「先生已知我病源，將以何藥治之？事在危急，望即賜教。」

孔明曰：「亮雖不才，曾遇異人，傳授奇門遁甲[61]天書，可以呼風喚雨。都督若要東南風時，可於南屏山建一臺，名曰七星壇。高九尺，作三層，用一百二十人，手執旗旛圍繞。亮於臺上作法，借三日三夜東南大風，助都督用兵！」……

----

61 奇門遁甲：一種古代的神祕術數學，據傳可以預測、推斷人事吉凶。

且說周瑜請程普、魯肅一班軍官，在帳中伺候，只等東南風起，便調兵出，一面關報孫權接應。黃蓋已自準備火船二十隻，船頭密布大釘，船內裝載蘆葦、乾柴，灌以油，油上鋪硫黃、焰硝引火之物，各用青布油單遮蓋。船頭上插青龍牙旗[62]，船尾各繫走舸[63]，在帳下聽候，只等周瑜號令。甘寧、闞澤窩盤[64]蔡和、蔡中於外寨中，每日飲酒，不放一卒登岸。周圍盡是東吳兵馬，把得水洩不通，只等帳上號令下來。周瑜正在帳中坐議，探子來報：「吳侯船隻離寨八十五里停泊，只等都督好音。」瑜即差魯肅遍告各部下官兵將士：「俱各收拾船隻、軍器帆櫓等物。號令一出，時刻休違。倘有違誤，即按軍法！」眾兵將得令，一個個摩拳擦掌，準備廝殺。

是日，看看近夜，天色晴明，微風不動。瑜謂魯肅曰：「孔明之言謬矣！隆冬之時，怎得東南風乎？」肅曰：「吾料孔明必不謬談。」將近三更時分，忽聽風聲響，旗旛轉動。瑜出帳看時，旗腳竟飄西北，霎時間，東南風大起！

瑜駭然曰：「此人有奪天地造化之法，鬼神不測之術。若留此人，乃東吳禍根也。及早殺卻，免生他日之憂！」急喚帳前護軍校尉丁奉、徐盛二將：「各帶一百人。徐盛從江內去，丁奉從旱路去，都到南屏

---

62 牙旗：旗竿上用象牙裝飾的大旗，一般多立於主帥軍營前。

63 走舸：輕快的小船。舸，ㄍㄜˇ。

64 窩盤：也作「窩伴」，緊密的陪伴。

山七星壇前，休問長短，挈住諸葛亮便行斬首，將首級來請功！」

二將領命，徐盛下船，一百刀斧手蕩開棹漿；丁奉上馬，一百弓弩手各跨征駒，往南屏山來，於路正迎著東南風起。丁奉馬軍先到，見壇上執旗將士當風而立。丁奉下馬，提劍上壇，不見孔明，慌問守壇將士。答曰：「恰才下壇去了。」丁奉忙下壇尋時，徐盛船已到。二人聚在江邊，小卒報曰：「昨晚一隻快船停在前面灘口，適間卻見孔明披髮下船，那船望上水[65]去了。」丁奉、徐盛便分水陸兩路追襲。徐盛教拽起滿帆，搶風[66]而使。遙望前船不遠，徐盛在船頭上高聲大叫：「軍師休去！都督有請！」

只見孔明立於船尾大笑曰：「上覆都督，好好用兵。諸葛亮暫回夏口，異日再容相見。」徐盛曰：「暫請少住！有緊要話。」孔明曰：「吾已料定都督不能容我，必來加害，預叫趙子龍來相接。將軍不必追趕！」徐盛見前船無篷，只顧趕去，看看至近，趙雲拈弓搭箭，立於船尾，大叫曰：「吾乃常山趙子龍也！奉令特來接軍師。你如何來追趕？本待一箭射死你來，顯得兩家失了和氣，教你知我手段！」言訖，箭到處，射斷徐盛船上篷索。那篷墮下落水，其船便橫。趙雲卻教自己船上拽起滿帆，乘順風而去，其船如飛，追之不及。⋯⋯

---

65 上水：上游。

66 搶風：逆風。

瑜喚集諸將聽令：先教甘寧帶了蔡中並降卒，沿南岸而走，只打北軍旗號，直取烏林地面，正當曹操屯糧之所，深入軍中，舉火為號，「只留下蔡和一人在帳下，我有用處。」第二喚太史慈，分付：「你可領三千兵直奔黃州地界，斷曹操合淝接應之兵，就逼曹兵，放火為號，只看紅旗，便是吳侯接應兵到。這兩隊兵最遠，先發。第三喚呂蒙，領三千兵去烏林，接應甘寧，焚燒曹操寨柵。第四喚凌統，領三千兵直截彝陵界首，只看烏林火起，以兵應之。第五喚董襲，領三千兵，直取漢陽，從漢川殺奔曹操寨中，看白旗接應。第六喚潘璋，領三千兵，盡打白旗，往漢陽接應董襲。六隊軍兵各自分路去了，卻令黃蓋安排火船，使小卒馳書約曹操：「今夜來降。」一面撥戰船四隊，隨於黃蓋船後接應。第一隊領兵軍官韓當，第二隊領兵軍官周秦，第三隊領兵軍官蔣欽，第四隊領兵軍官陳武。四隊各引戰船三百隻，前面各擺列火船二十隻。

　　周瑜自與程普在大艨艟上督戰，徐盛、丁奉為左右護衛，只留魯肅共闞澤及眾謀士守寨。程普見周瑜調軍有法，甚相敬服。……

　　孔明便與玄德、劉琦升帳坐定，謂趙雲曰：「子龍可帶三千軍馬，渡江徑取烏林小路，揀樹木蘆葦密處埋伏，今夜四更以後，曹操必然從那條路奔走。等他軍馬過，就半中間放起火來，雖然不殺他盡絕，也殺他一半！」雲曰：「烏林有兩條路：一條通南郡，

一條取荊州。不知向那條路來？」孔明曰：「南郡勢迫，曹操不敢往，必來荊州，然後大軍投許昌而去。」雲領計去了。

又喚張飛曰：「翼德可領三千兵渡江，截斷彝陵這條路，去葫蘆谷口埋伏。曹操不敢走南彝陵，必望北彝陵去。來日雨過，必然來埋鍋造飯，只看煙起，便就山邊放起火來。雖然捉不得曹操，翼德這場功勞也不小。」飛領計去了。

又喚糜竺、糜芳、劉封三人各駕船隻，遶江剿擒敗軍，奪取器械，三人領計去了。孔明起身，謂公子劉琦曰：「武昌一望之地，最爲緊要。公子便請回，率領所部之兵，陳於岸口。操一敗必有逃來者，就而擒之，卻不可輕離城郭。」劉琦便辭玄德、孔明去了。

孔明謂玄德曰：「主公可於樊口屯兵，憑高而望，坐看今夜周郎成大功也！」時雲長在側，孔明全然不睬。雲長忍耐不住，乃高聲曰：「關某自隨兄長征戰，許多年來，未嘗落後。今日逢大敵，軍師卻不委用，此是何意？」

孔明笑曰：「雲長勿怪！某本欲煩足下把一個最要緊的隘口，怎奈有些違礙處，不敢教去。」雲長曰：「有何違礙？願即見諭。」

孔明曰：「昔日曹操待足下甚厚，足下當有以報之。今日操兵敗，必走華容道。若令足下去時，必然放他過去，因此不敢教去。」雲長曰：「軍師好心

多！當日曹操果是重待某，某已斬顏良、誅文醜，解白馬之圍，報過他了。今日撞見，豈肯輕放？」

孔明曰：「倘若放了時，卻如何？」雲長曰：「願依軍法。」孔明曰：「如此，立下軍令狀。」雲長便與了軍令狀。雲長曰：「若曹操不從那條路上來，如何？」孔明曰：「我亦與你軍令狀。」雲長大喜。孔明曰：「雲長可於華容小路高山之處，堆積柴草，放起一把火煙，引曹操來。」雲長曰：「曹操望見煙，知有埋伏，如何肯來？」孔明笑曰：「豈不聞兵法虛虛實實之論？操雖能用兵，只此可以瞞過他也。他見煙起，將謂虛張聲勢，必然投這條路來。將軍休得容情。」雲長領了將令，引關平、周倉並五百校刀手[67]，投華容道埋伏去了。

玄德曰：「吾弟義氣深重，若曹操果然投華容道去時，只恐端的[68]放了。」

孔明曰：「亮夜觀乾象[69]，操賊未合身亡。留這人情教雲長做了，亦是美事。」

玄德曰：「先生神算，世所罕及！」孔明遂與玄德往樊口，看周瑜用兵，留孫乾、簡雍守城。

卻說曹操在大寨中與眾將商議，只等黃蓋消息。當日東南風起甚緊。程昱入告曹操曰：「今日東南風

---

67 校刀手：持刀的兵士。

68 端的：果真，確實。

69 乾象：天象。

起，宜預隄防。」操笑曰：「冬至一陽生，來復[70]之時，安得無東南風？何足爲怪？！」軍士忽報江東一隻小船來到，說有黃蓋密書。操急喚入。其人呈上書。書中訴説：「周瑜關防嚴緊，因此無計脱身。今有鄱陽湖新運到糧，周瑜差蓋巡哨，已有方便。好歹殺江東名將，獻首來降。只在今晚三更，船上插青龍牙旗者，即糧船也。」操大喜，遂與眾將來到水寨中大船上，觀望黃蓋船到。

且說江東，天色向晚，周瑜喚出蔡和，令軍士縛倒。和叫：「無罪！」瑜曰：「汝是何等人？敢來詐降！吾今缺此福物祭旗，願借你首級。」和抵賴不過，大叫曰：「汝家闞澤、甘寧亦曾與謀！」瑜曰：「此乃吾之所使也。」蔡和悔之不及。瑜令捉至江邊皂纛旗[71]下，奠酒燒紙，一刀斬了蔡和，用血祭旗畢，便令開船。

黃蓋在第三隻火船上，獨披掩心甲，手提利刃，旗上大書「先鋒黃蓋」！蓋乘一天順風，望赤壁進發。是時東風大作，波浪洶湧，操在中軍遙望隔江，看看月上，照耀江水，如萬道金蛇，翻波戲浪。操迎風大笑，自以爲得志。忽一軍指説：「江南隱隱一簇帆幔，使風而來。」操憑高望之。報稱：「皆插青龍牙旗，内中有大旗，上書『先鋒黃蓋』名字。」操笑

---

70 來復：往還，去而復來。《易經·復卦》謂陽氣經七日由剝盡而開始復生，後因稱陽氣之始生。

71 皂纛旗：用黑色絲織物製成的軍中大旗。

曰：「公覆來降，此天助我也！」

來船漸近，程昱觀望良久，謂操曰：「來船必詐！且休教近寨。」

操曰：「何以知之？」程昱曰：「糧在船中，船必穩重，今觀來船，輕而且浮。更兼今夜東南風甚緊，倘有詐謀，何以當之？！」操省悟，便問：「誰去止之？」文聘曰：「某在水上頗熟，願請一往。」言畢，跳下小船，用手一指，十數隻巡船隨文聘船出。聘立於船頭，大叫：「丞相鈞旨，南船且休近寨！就江心拋住。」眾軍齊叫：「快下了篷！」言未絕，弓弦響處，文聘被箭射中左臂，倒在船中。船上大亂，各自奔回。南船距操寨只隔二里水面，黃蓋用刀一招，前船一齊發火，火趁風威，風助火勢，船如箭發，煙焰障天！二十隻火船撞入水寨，曹寨中船隻一時盡著，又被鐵環鎖住，無處逃避。隔江砲響，四下火船齊到，但見三江面上，火逐風飛，一派通紅，漫天徹地！曹操回觀岸上營寨，幾處煙火。

黃蓋跳在小船上，背後數人駕舟，冒煙突火，來尋曹操。操見勢急，方欲跳上岸，忽張遼駕一小腳船，扶操下得船時，那隻大船已自著了。張遼與十數人保護曹操，飛奔岸口。黃蓋望見穿絳紅袍者下船，料是曹操，乃催船速進，手提利刃，高聲大叫：「曹賊休走！黃蓋在此！」操叫苦連聲。張遼拈弓搭箭，覷著黃蓋較近，一箭射去。此時風聲正大，黃蓋在火

光中那裡聽得弓弦響？正中肩窩，翻身落水。……[72]

　　卻說當日滿江火滾，喊聲震地！左邊是韓當、蔣欽兩軍從赤壁西邊殺來；右邊是周泰、陳武兩軍從赤壁東邊殺來；正中是周瑜、程普、徐盛、丁奉大隊船隻都到。火須兵應，兵仗火威。此正是：三江水戰，赤壁鏖兵[73]。曹軍著槍中箭，火焚水溺者不計其數。

　　不說江中鏖兵。且說甘寧令蔡中引入曹寨深處，寧將蔡中一刀砍於馬下，就草上放起火來。呂蒙遙望中軍起火，也放十數處火，接應甘寧。潘璋、董襲分頭放火吶喊，四下裏鼓聲大震！曹操與張遼引百餘騎，在火林內走，看前面無一處不著，正走之間，毛玠救得文聘，引十數騎到。操令軍尋路，張遼指道：「只有烏林地面空闊可走。」操徑奔烏林。……[74]

古典今用——經典中的處世智慧

　　孔子說：「生而知之者，上也；學而知之者，次也；困而學之，又其次也；困而不學，民斯為下矣。」（〈季氏〉）「生而知之」的上智之人當然少之又少，因此孔子自評：「我非生而知之者，好古，敏以求之者也。」（〈述而〉）所謂「好古，敏以求之」屬於「學而知之」的層次，以孔子之

---

72 以上出自第四十九回〈七星壇諸葛祭風，三江口周瑜縱火〉。

73 鏖兵：大規模激烈對戰。鏖，ㄠˊ，苦戰。

74 以上出自第五十回〈諸葛亮智算華容，關雲長義釋曹操〉。

睿智，尚且自謙必須敏於學習，何況是一般人？

　　絕大多數人雖然不是生知的大智慧者，卻可以透過後天的努力學習，在經驗的累積中，獲得智慧；此外，閱讀經典作品，也可以讓我們從中汲取前人的成敗教訓，而取得智慧。即以《三國演義》中的「赤壁之戰」為例，故事中就蘊涵著許多應世的智慧。例如在「草船借箭」的情節中，諸葛亮雖知周瑜有陷害之心，卻敢自任三日造十萬箭之重責，其後果真利用天候順利完成軍令要求，其成功之道見於答魯肅之語：「為將而不通天文，不識地理；不知奇門，不曉陰陽；不看陣圖，不明兵勢；是庸才也！」也就是專業方面的真才實學。有了真才實學，才能夠掌握機會、創造機會，遂行己志。周瑜屢次欲藉故除掉諸葛亮，諸葛亮自知身在虎口，然而，最後卻能夠藉著通曉天文陰陽的真才實學，為自己製造了幫助周瑜「借東風」的祭風機會，終於順利脫離了虎口。

　　入世工作，難免有成有敗，失敗固然痛苦，但是，若能記取教訓，所謂「不經一事，不長一智」，未嘗不是一種寶貴的經驗，這種經驗也會在日後轉為成就事功的智慧。然而，如果不懂得記取經驗教訓，則必然會埋伏下一次失敗的根芽。蔣幹第一次過江勸降周瑜時，反遭周瑜設計，盜走了一封偽造蔡瑁、張允通敵東吳的書信，結果造成曹營誤殺兩名得力將領。既然已經上當失敗過，蔣幹卻不知記取教訓，結果在第二次過江見周瑜時，又中計帶著龐統薦入曹營，於是才有龐統的鐵環連鎖戰船之計，最後在東吳火攻下，曹軍因此慘敗。若論造成曹營赤壁大敗的罪魁，不知記取教訓的蔣幹絕對難辭其咎。

　　周瑜的成名，在於赤壁一戰，但是赤壁大捷，實非周瑜一

人之功。在東吳方面，另有魯肅的事先布置，建議孫權西聯劉備，決定抗敵大計；也有黃蓋的自願受刑，取信於曹營，因此才有後來的火船建功之舉，至於赤壁決勝關鍵的東風，更是由精通奇門遁甲的諸葛亮向天「借」來；因此，赤壁大捷可謂是孫權與劉備陣營的共同成果。自古以來，偉大事業的成就，往往不可能憑藉單打獨鬥取得成功，不僅赤壁之戰如此。秦朝滅亡之後，劉邦與項羽逐鹿天下，勢力遠比項羽弱小的劉邦能夠在最後取得勝利，建立漢朝，實因其身邊圍繞著張良、蕭何、韓信等智謀之士、能征之將，遠非只憑藉一己才氣的項羽所能比擬。因此，想要在工作與事業上有所成就，必須先懂得如何培養與別人合作的智慧。

延伸思考

古典小說名著《三國演義》流傳至現代，已不局限於文本閱讀形式，影劇、動畫與電玩，常據原著內容加以改編、製作。試持小說和正史《三國志》，或三國影劇如電視劇《三國演義》（1995）、《新三國演義》（2010），與電影《赤壁》（2008）、《三國之見龍卸甲》（2008）相比較，說明其中人物形象的同異，與自己欣賞、不欣賞的三國人物及其原因。

亂世佳人郝思嘉：時代劇變下的

贏家和輸家

高碧玉

問題意識

世界局勢的瞬息萬變愈來愈讓人難以捉摸——「科技」、「全球化」、「人口結構與長壽」、「社會變遷」、「能源」[1]的衝擊對生活和工作造成巨幅的改變。在此高度不確定的年代，如果不能做好自我調適，應變得宜，有可能永遠留在社會底層或是淪為社會邊緣人；反之，如果只知拼命累積財富，卻不去思索生命存在的價值和意義，到頭來可能犧牲了人生中最寶貴的東西，迨覺察時一切都為時已晚，悔恨無窮。

自從十八、九世紀以來，工業革命快速展開，加上資本主義的推波助瀾，社會結構劇烈變動，影響了人們看待自然與社會問題的思維方式。當時的人對征服自然、支配自然充滿自信，以為人類無所不能，只要充分解放和利用人類自身的能力，就會創造出一個前所未有的美麗新世界。誠然以工業文明為基礎的資本主義造就了社會的富裕繁榮，卻也產生許多前所未見的棘手難題，諸如階級鬥爭、貧富差距、勞工運動、社會衝突……。思想家們不禁憂心地質疑：這一切真的是我們想要的嗎？盧梭[2]主張返回自然渾樸的原始生活，驚呼：「科學、甚至文明不會給人們帶來幸福，只會帶來災難！」盧梭等西方哲人發現，人們對物質的追求意志愈強烈，愈容易迷失在物質世界，內在的靈性也越少。無獨有偶，中國古代思想家莊子也

1　倫敦商學院葛瑞騰（Lynda）教授認為現在推動未來工作改變的動力更加多樣化，來自於相互作用的五大力量：「科技」、「全球化」、「人口結構與長壽」、「社會變遷」、「能源」。

2　盧梭（Jean-Jacques Rousseau，1712-1778），瑞士裔的法國思想家、哲學家、浪漫主義作家、政治理論家和作曲家。

提出「沉於物、溺於德」的相同見解。

　　全球邁入知識經濟的時代，科學知識給人類生活品質帶來便捷和提升，對人類文明的貢獻值得肯定。但是物質文明社會瀰漫的輕狂和功利主義使人情感枯竭、內在靈性喪失也是不爭的事實。除了理智，人臻於完善還需要藉助情感和愛，才能替自己找到安身立命之所。「在這白日普照、黑夜漫漫的世界中，所有一切的人究竟從何而來？又將去往何處？」如何面對日新月異的二十一世紀，順應時勢、及時應變，成為獲得物質與精神雙方面幸福的大贏家，頗發人深省。

文本背景

　　《飄》（*Gone with the Wind*）的作者是瑪格麗特・米契爾（Margaret Munnerlyn Mitchell, 1900-1949），生於美國喬治亞州亞特蘭大市，後因車禍逝世，享年四十九歲。父親為知名律師和亞特蘭大歷史學會主席，母親是婦女參政主義者。米契爾自幼接受父親的薰陶，對歷史有極濃厚的興趣，尤其對於南北戰爭期間的史實軼聞，更是耳熟能詳。她曾經是「亞特蘭大報社」星期日版的雜誌記者和專欄作家，1926年辭去報社職務，開始蒐集南北戰爭前後史料與相關軼聞，並著手寫小說。她引用英國詩人歐納斯特・道森的一句詩，將小說定名為 *Gone with the Wind*（中文譯名《飄》）[3]，1936年，米契爾生

---

3 英國詩人歐納斯特・克里斯多夫・道森（Ernest Christopher Dowson，1867-1900）雖生涯短暫，但是其所著〈辛娜拉〉（Cynara）一詩卻因為《飄》而流傳後世不

前惟一的一本小說《飄》終於問世。1937年獲頒普立茲文學獎，1939年獲紐約南方協會金質獎章，1939年被拍攝成風靡全球、歷久不衰的電影《亂世佳人》。

　　《飄》描述的是以美國南北戰爭前後為背景的一段愛情故事。1861年四月，美國南北兩方關係已經非常緊張，南方喬治亞州的男人們都在談論戰爭，但是十六歲的郝思嘉（Scarlett O'Hara）對此毫不關心，只在意舞會、郊遊，和那些圍繞在她身邊的崇拜者。思嘉是塔拉（Tara）莊園主的千金，個性嬌縱任性，一直暗戀著鄰近的十二橡樹（Twelve Oaks）莊園的少爺衛希禮（Ashley Wilkes），並深信斯文又風度翩翩的希禮也傾心於她。當她得知意中人希禮即將宣布和他表妹韓媚蘭（Melanie Hamilton）的婚事，內心大受打擊。倔強的思嘉認為自己在任何方面都強過外貌平平、打扮樸素的媚蘭，並深信希禮是由於不知道自己愛他才選擇媚蘭為終身伴侶，因此計畫在隔日十二橡樹莊園宴會中找機會向希禮表白，相信憑自己萬人迷的魅力一定可以說服希禮和她私奔。

　　宴會當天，思嘉精心裝扮，企圖以勾引其他青年們讓希禮吃醋，當下把媚蘭的弟弟韓查理（Charles Hamilton）迷得神魂顛倒。思嘉四處搜尋希禮蹤影之際，發現一名來自外地、面孔像海盜的神祕男子一直注視著她。這名男子正是被人稱為「白船長」、聲名狼藉的軍火商白瑞德（Rhett Butler），至少有三十五歲，體格高大強壯。當天希禮一直陪伴在媚蘭身邊，當思嘉好不容易逮到和希禮獨處的機會，在希禮的書房

朽。《飄》書名取自該詩第三段第一句：「很多往事我已忘記，辛娜拉！隨風而去。」（原文"I have forgot much, Cynara! Gone with the wind."）

裡，思嘉向希禮吐露心意，但希禮婉拒了思嘉，表示媚蘭和自己的性格相近更適合。思嘉的自尊心和虛榮心大為受損，惱羞成怒地狠狠甩了希禮一記耳光。希禮無言離去後，憤怒的思嘉發現瑞德躲在沙發椅後，並聽見了剛才的對話。又羞又怒的思嘉表示偷聽的瑞德「你不是個紳士！」（Sir, you are no gentleman!），瑞德則嘲諷地回擊思嘉「妳也不是個淑女。」（And you, miss, are no lady!）

隨即南北開戰的消息傳來，當晚的舞會因而取消。表白受挫的思嘉在賭氣下接受了查理的求婚，並搶前一天嫁給了查理，以挽回自己遭拒的面子。婚後一週，希禮和查理等南方子弟紛紛加入前線，不到兩個月查理在軍中病故，思嘉成為寡婦，同時生下一個兒子——韋德（Wade Hampton Hamilton）。人們以為思嘉因為悼念亡夫而一直悶悶不樂，其實她念念不忘的是也從軍入伍的希禮。生性活潑好動的思嘉難以忍受不能參加各種社交活動的寡婦生活，這時，媚蘭為安慰喪夫的思嘉，來信邀請她到亞特蘭大城的查理姑姑家中暫住一時。環境的轉換讓思嘉心情稍為好轉，在亞特蘭大的日子，思嘉表面上努力裝出一副淑女樣，可是言行舉止不時顯現出放蕩不羈的性格。不甘寂寞的思嘉，不顧寡婦的清規戒律，穿著黑色喪服出席為軍人募款的義賣會，在會中與白瑞德重逢。隨著戰局愈來愈吃緊，瑞德因為偷越北方封鎖線為南方軍人提供物資，在亞特蘭大鼎鼎有名。每次從北方回來，他都給亞特蘭大的上流婦女帶來時髦的服飾，深受貴婦歡迎。瑞德邀請思嘉當舞伴，思嘉禁不起誘惑，穿著喪服步入舞池。跳舞中，瑞德表示自己對思嘉的渴望，但遭思嘉斷然拒絕。

不久，思嘉恢復本性，頻繁參加各種娛樂活動，和軍官們

調情說笑，但她仍無法忘懷希禮。保守的南方人不能容忍思嘉超越社會規範的叛逆性格，只有瑞德欣賞她、讚美她，經常登門造訪並且送禮物給她。瑞德幽默風趣、瀟灑倜儻，思嘉卻對他的追求、幫助和守護不上心。原本頗受亞特蘭大人歡迎的瑞德，由於他總是嘲弄南方邦聯，很快就令當地人討厭和嫌棄，只有媚蘭同意瑞德對戰事的分析，依舊接受他為座上客。

　　戰爭期間，同在一個屋簷下生活，媚蘭視思嘉為親姊妹，渾然不知思嘉對希禮的熱戀以及對自己的忌恨。1863年耶誕前夕，希禮自前線歸來與家人團聚數日。思嘉再度向希禮告白，承認她並不愛查理，是因為負氣才嫁給查理，自己至今依舊愛著希禮。希禮只回應思嘉，要她替自己好好照顧妻子媚蘭。隔年年初，希禮在戰場上失蹤，原來是受傷被俘後關在北方的戰俘集中營。1864年五月，南方邦聯首府—亞特蘭大被北軍包圍，即將淪陷，查理的姑媽和城裡人都逃離了，媚蘭正值分娩，思嘉只好留下來照顧。一片混亂中，找不到醫生，思嘉在別無選擇的情況下替媚蘭接生，保住了媚蘭母子性命，並打算一起逃難回老家塔拉。北軍一路封鎖亞特蘭大，眼看著北軍就要攻進城，思嘉絕望中向瑞德求救，瑞德冒著生命危險找到一輛馬車護送。當天夜裡，思嘉在瑞德的幫助下，帶著媚蘭逃出城。不料，途中瑞德突然告訴思嘉，說他不能目睹南方軍潰敗而不出一臂之力，要加入南方軍作戰，留下一把槍並和思嘉吻別。思嘉非常憤怒又無可奈何，獨自駕著馬車帶著媚蘭等人繼續趕往塔拉。

　　沿途的景象讓思嘉怵目驚心，許多昔日華美的莊園經歷戰火的摧殘只剩下斷垣殘壁。回到家鄉，出乎意料之外，塔拉

莊園的住宅完好無損，但已遭北佬洗劫一空，田園荒蕪。母親在前一天離開人世，兩個妹妹重病在床，父親精神失常，幾乎連自己的女兒都認不出來。十九歲的思嘉不向命運屈服，決心重整家園，到廢墟裡搜尋食物、努力種地、採植棉花，一肩扛起一家十口人生計的重擔。飢貧交迫的生活磨練讓思嘉變得貪婪、冷酷無情，某次一名北方逃兵進入屋內行搶，被思嘉開槍打死。

1865年春天，戰爭結束，生活依然困苦。希禮終於被釋放返鄉，衣衫襤褸、形容憔悴的他已不復昔日優雅風采。思嘉對他舊情難了，心想只要臥病在床的媚蘭一死，自己就可以和希禮結婚。掌權的北方政府對莊園主苛以重稅，莊園主若不在限期內繳稅，就得面臨莊園被拍賣抵稅的命運。思嘉一籌莫展，希望希禮能想出解決的辦法，然而希禮的儒弱無能令思嘉失望。痴情的思嘉再度對希禮表示自己的愛戀，要求希禮和她一起私奔。希禮承認自己受思嘉吸引，但無法離開媚蘭，思嘉又一次遭到拒絕。

絕望中，思嘉得知瑞德人在亞特蘭大，她扯下窗簾布做成新衣裳，打扮成貴婦去找瑞德，才得知瑞德因為涉嫌侵吞南方邦聯的大筆資金，被北軍羈押在獄中。思嘉隱瞞自己過的艱苦日子，企圖用美人計誘騙瑞德拿錢出來，但被瑞德識破。瑞德逼思嘉承諾只要拿到錢就做他的情婦，思嘉承諾後，瑞德卻又表示他的錢已遭北軍扣押，思嘉氣急敗壞地離開監獄。回程途中，沮喪的思嘉無意中遇見妹妹蘇倫（Suellen O'Hara）的未婚夫甘富蘭（Frank Kennedy），發現他從商致富，為了拯救破產的家業，思嘉謊稱蘇倫已嫁他人，輕而易舉地誘拐富蘭與自己結婚，用他的錢付清了塔拉的稅金。

婚後，思嘉靠著精明能幹的頭腦經營富蘭的一家鋸木廠，又向用錢賄賂而恢復自由的瑞德借錢買了第二家鋸木廠，生意十分興隆。思嘉不顧道德和他人的議論，非法僱用並殘忍對待犯人，又和北方商人做生意。一個女人像男人一樣經商賺錢，甚至懷了孕還拋頭露面，這事在亞特蘭大前所未有，引起很大的騷動，幾乎沒有人願意當她的朋友，人們甚至罵她「蕩婦」，只有媚蘭替她辯護、瑞德默默在身旁陪伴。亞特蘭大的治安不斷惡化，懷孕的思嘉每天單獨駕馬車奔波兩家鋸木廠之間，瑞德勸她路上要小心。某日經過樹林時，思嘉遭受一個黑人和一個白人襲擊，所幸在一個前自家黑奴的保護下，只有衣服被撕破。當晚，富蘭、希禮集合三K黨[4]一群人為思嘉復仇，不料他們竟陷入北軍設下的圈套，槍戰中，富蘭中槍身亡，希禮身受重傷，幸虧瑞德及時救援，使出計謀讓其他參與這次行動的人能夠平安脫身。

　　富蘭死後，思嘉再度成為寡婦，瑞德向思嘉求婚，雖然知道思嘉心中只有希禮，瑞德期待可以用自己的愛感動她。婚後，兩人住在瑞德特地為思嘉在亞特蘭大城建造的最豪華的住宅，瑞德對思嘉百般寵愛，在物質上滿足了思嘉所有的要求，並費盡心思讓思嘉體驗婚姻的快樂。思嘉揮金如土，大擺宴席，即使在物質上獲得了極大的滿足，心底卻依舊忘不了希禮。不久，思嘉和瑞德的女兒出生了，取名白美藍（Eugenie Victoria "Bonnie" Butler），瑞德對美藍呵護備至、百般驕

4　三K黨（Ku Klux Klan，縮寫為KKK）於1866年由南北戰爭中被擊敗的南方邦聯軍隊的退伍老兵組成。在其發展初期，三K黨的目標是在美國南部恢復民主黨的勢力，並反對由聯邦軍隊在南方強制實行改善舊有黑奴制度的政策，是個徹底執行白人至上以及種族主義的民間組織。

寵，將所有情感投注在愛女身上，爲了樹立美藍日後在亞特蘭大的地位，瑞德努力改變自己的行爲以扭轉當地居民對他的印象。思嘉因爲產後發福不想再懷孕，加上偶然翻閱希禮的照片被瑞德發現，終於導致兩人情感破裂、分房而睡。

在希禮生日宴當晚，思嘉與希禮在鋸木廠共同緬懷往事，感到不勝唏噓，相互擁抱，卻被旁人撞見，一時流言四起。媚蘭不相信流言，堅信希禮和思嘉之間沒有曖昧關係，堅決保護思嘉。思嘉則躲在家中不敢出門，瑞德硬把她拖往生日宴。當晚瑞德酒醉發狂，對思嘉表達其悲痛與失望，話畢，便在醉酒狀態下強抱思嘉上樓。隔日，瑞德帶著女兒美藍離開，三個月毫無訊息。不久，思嘉發現自己又懷孕了，開始想念瑞德，盼望他和美藍早點回來。當瑞德帶著美藍返家，思嘉高興地站在樓梯口迎接，把懷孕的消息告訴瑞德，瑞德卻冷嘲熱諷地質疑說是誰的孩子？思嘉氣怒之際伸手欲打瑞德，卻不慎摔下階梯導致流產。瑞德無比自責、悔恨不已，在媚蘭面前像無助的小孩般痛哭流涕，懺悔自己的過失。之後，思嘉逐漸恢復健康，兩人的爭執也逐漸冷卻，瑞德決定與思嘉言歸於好，生活重新開始。不料就在兩人交談同時，美藍因騎馬跨越籬笆不慎，墜馬而死，瑞德與思嘉彼此怪罪對方，婚姻瀕臨絕裂。愛女之死讓瑞德傷心欲絕，整日酗酒，對待思嘉宛如路人。

媚蘭不聽醫生勸告又一次懷孕，終因操勞過度身體迅速惡化，臨終前把自己的丈夫希禮和兒子託付給思嘉照顧，並告訴她瑞德相當愛她，要她善待瑞德。媚蘭的死讓思嘉意識到，向來瘦弱的媚蘭實際上才是保護自己的盾牌和寶劍，自己早就與媚蘭情同姊妹了。這時，思嘉面對「失去媚蘭而失神落魄的」希禮毫無感覺，才恍然大悟自己一直愛的人不是希禮，而

是瑞德，但多年來自己卻渾然不覺，直到此時才發現希禮是個懦夫，遠非她想像中那麼完美。她鍾情的希禮不過是自己心中建構的美麗幻影，其實是不存在的，她真正需要的是瑞德。

在濃霧中，思嘉拼命跑回家找瑞德，返回家中發現瑞德正準備離開，思嘉急忙地想要挽留，告訴瑞德自己真正愛的是他，發誓以後一定會全心全意愛他。但為時已晚，瑞德不相信思嘉的話，表示美藍的死已奪去他留下的意義，加上自己已心灰意冷，同意放思嘉自由，要永遠離開她，說完後便揚長而去。思嘉眼看著瑞德離去，心亂如麻，只知道自己不能失去瑞德。忽然間，思嘉腦海裡出現家鄉塔拉莊園，頓時點燃心中的希望，對自己說道：「塔拉！我的家，我要回家。明天，我一定有辦法把他找回來，不管怎麼說，明天又是新的一天！」

（Tara! Home. I'll go home, and I'll think of some way to get him back! After all, tomorrow is another day!）

《飄》有許多精彩篇章，本單元取材自古騰堡工程（Project Gutenberg）[5]數位圖書館所收藏的公有領域書籍原本，選譯最終章的大部分內容。在本章節，男女主角真正敞開心胸、坦誠相待，不再掩飾內心真實的思想和感受，對話極為精彩，詮釋白瑞德訣別郝思嘉的心路歷程。

5　古騰堡工程始於1971年，是世上最早的數位圖書館。本文的英文原著選自"A Project Gutenberg of Australia eBook of Gone With The Wind"。

白瑞德與郝思嘉訣別

瑪格麗特‧米契爾　著

「離婚？」她哭喊著。「不！不！」剎那間她語無倫次地說著，猛然一躍而起，抓住瑞德的手臂。「噢，你完全弄錯了！大錯特錯了！我不要離婚——我——」她停了下來，因為她找不出別的話可說了。

他托住了她的下巴，靜靜地把她的臉抬起來對著燈光，凝視著她的眼睛許久。她抬起頭看著他，眼神中流露出她內心的一切，嘴唇顫抖著想要說話。但是一句話也說不出口，因為她正試圖從瑞德臉上尋找回應的感情，某種希望和喜悅的光輝。他現在肯定明白我的心意！然而她熱切、搜尋地目光發現的，依舊是那張常讓她迷惑、平靜無表情的黑臉龐。隨後，他放開她的下巴，轉身走回座椅，疲倦地坐躺著，下巴抵著胸口，從黑黑的眉毛下抬起眼睛漠然地打量她。她跟著他走向座椅，雙手絞扭著站在他面前。

「你錯了！」她再度說出話來。「瑞德，今天晚上，當我明白了，就一路跑回家想要告你。噢，親愛的！我——」

「妳累了，」他說，眼睛仍然盯著她，「妳最好上床睡覺去。」

「可是我一定要告訴你！」

「思嘉，」他沉重的說，「我不想聽——什麼都不想聽。」

「但是你不知道我要說什麼！」

「我的寶貝兒，妳要說的話都已經清清楚楚寫在臉上了。不知道是什麼事，或是什麼人讓妳明白了，原來妳那不幸的衛先生是死海裡的果子，大到連妳都咀嚼不動。而它又突然把我的魅力展現在妳眼前，讓妳覺得我很新奇又富有吸引力。」他輕嘆了一口氣。「現在說這個已經無濟於事了。」

思嘉吃驚地倒抽了一口氣，他總是能一眼看穿她的心思。從前她對此向來憎恨不已，不過現在被點破，雖然一開始覺得很震驚，但再想一想，她又覺得鬆了一口氣，感到十分欣慰。既然他知道了、了解了，那麼她的任務就變得容易多了。不需要再多說了！他當然會對長期以來被她冷落感到懷恨，自然不會相信她現在的突然轉變。只要以後仁慈的對待他，傾注大量的愛使他信服，想到做這些事多麼使人愉悅啊！

「親愛的，我要把一切告訴你，」她邊說邊把手放在椅子的扶手上，斜倚著他。「我一向都錯了，簡直是個大傻瓜——」

「思嘉，別說了。別在我面前低聲下氣地，我可受不了。少說幾句，給我們留點尊嚴，也給我們的婚姻留點回憶。最後這一場妳就免了。」

她突然挺起身子。免了這最後一場？「最後一場」是什麼意思？最後？這是他們的第一場，才是他們倆的開始。

「但是我要告訴你，」她急忙地說著，彷彿害怕

他會伸手捂住她的嘴不讓她說下去。「噢，瑞德，我這麼的愛你，親愛的！我肯定愛你很多年了，可我傻得沒有發現。瑞德，你必須相信我！」

他盯著站在自己面前的她許久許久，彷彿要看穿她的內心深處。她看出他的目光是相信她的，卻沒有什麼興趣。噢，他此刻偏偏要這麼苛薄嗎？難道他要乘機折磨她、報復她嗎？

「嗯，我相信妳，」他終於開口了。「但是衛希禮呢？」

「希禮！」她一邊說，一邊做了表示不耐煩的手勢。「我——我不相信自己這麼多年來是真正在意他的。那個——唔，只不過是我自小女孩時期以來的一種習慣。瑞德，如果我早知道他是怎樣的一個人，我壓根都不會去理睬他。他是這麼一個萎靡無助的懦夫，儘管滿口說的真理、名譽和——」

「不，」瑞德說，「如果妳一定要認清他是怎樣一個人，妳就不能帶有偏見。他是一個紳士，只是陷入一個不屬於他的世界，而他還在用逝去的世界裡的那套標準，在這個世界苦苦掙扎。」

「噢，瑞德，我們不要談他了！他現在還有什麼要緊嗎？難道你不樂意聽到——我是說，既然我——」

當他疲憊的目光與她的目光相遇時，她害羞地停下來，彷彿第一次與情人會面的少女。如果他能幫她一下，不要讓她這麼難為情就好了！她真恨不得他能

張開雙臂讓她倒在他懷裡，把頭依偎在他胸前。如果
她的嘴唇貼上他的嘴唇上，要比她結結巴巴的話語更
能讓他明瞭。但是當她注視著他，她才意識到，他並
不是為了讓她難堪才與她保持距離。他看上去精疲力
盡，彷彿對她說的任何話都無動於衷。

「樂意？」他說。「要是以前我聽到妳這番話，
我會高興地連忙感謝上帝。但是，現在，已經無所謂
了。」

「無所謂？你在說什麼呀？它當然有關係！瑞
德，你是在意我的，對吧？你一定在乎我，媚蘭說你
愛我的。」

「嗯，就她所了解的，她是對的。可是，思嘉，
妳可曾想過，就算是至死不渝的愛也會被磨光？」

她啞口無言看著他，嘴巴張得老大。

「我的愛磨光了，」他繼續說，「被衛希禮和妳
那瘋狂又愚蠢的固執磨光了，因為妳的固執就像隻鬥
牛犬，對自己想要的東西不得手絕不罷休……我的愛
磨光了。」

「可是愛是不會被磨光的！」

「妳對希禮的愛不就磨光了。」

「但是我從來就不曾真正愛過希禮啊！」

「那妳可裝得真像——直到今天晚上。思嘉，我不
是在批評妳、控訴妳、譴責妳。那種時候已經過了，
所以妳大可不必辯護和解釋。如果妳能聽我說幾分鐘
話，不打斷我，我就可以把我的意思對妳解釋清楚。

儘管老天知道，我根本不需要做任何解釋。事實就明明白白地擺在那裡。」

她坐下來，刺眼的煤氣燈光落在她蒼白迷惑的臉上，她深望著眼前那麼熟悉卻又那麼陌生的雙眼—傾聽著他平靜地說著，一開始這些話對她沒有任何意義。這是他平生第一次用這種態度對她說話，沒有尖酸、沒有嘲諷、沒有含沙射影，就像一個人對另一個人說話，就像其他人的交談一樣。

「妳有沒有想過，我愛妳已經達到一個男人愛一個女人的極限了嗎？妳有沒有發現在還未得到妳之前，我已經愛妳愛了多少年嗎？戰爭期間，我屢次離開妳就為了要忘掉妳，可我辦不到，每次都不得不回來。戰後我冒著被捕的危險回來，也是為了找妳。我太在乎妳了，如果那次甘富蘭沒被人打死，我肯定會殺了他。我愛妳，但我不能讓妳知道。妳對那些愛妳的人太殘忍了，思嘉。妳抓住他們的愛，當鞭子一樣在他們頭上揮舞。」

這番話中，只有他愛她這個事實有意義。當她聽到他聲音裡迴響著微弱的熱情時，她重新感到高興和興奮。她坐著，屏息凝聽，等著瑞德的話。

「我知道我們結婚時妳並不愛我。我知道妳和希禮的事。可我那時真傻，總以為有辦法讓妳的心轉向我。妳想笑就笑吧，我想照顧妳、寵愛妳，讓妳什麼事都能如願以償。我想娶妳和守護妳，給妳自由空間，讓妳做任何使妳快樂的事—就像後來我對美藍那

樣。妳一直都和生活艱苦地搏鬥著，思嘉。沒有誰比我更清楚妳經歷過的一切，我希望妳停止拼命，讓我替妳戰鬥。我想讓妳像小孩子一樣玩耍，因為妳本來就是個小孩子，一個受過驚嚇的勇敢又倔強的小孩子。我想妳現在仍然是個小孩子。只有小孩子才會這樣固執任性，這樣感覺遲鈍。」

他的聲音平靜而疲倦，但聲音中有某種特質激起思嘉一絲朦朧的記憶。她曾經聽過這樣的聲音，在她一生中另一個關鍵時刻。是在哪裡聽見的呢？那是一個男人面對自己和他的世界時所發出的聲音，不帶任何感情、恐懼和希望。

為什麼──為什麼──是希禮，那年冬天在寒風呼嘯的塔拉的果園裡，希禮跟她談論著人生猶如一場任人擺布的影子戲，他那疲倦和平靜的聲音比起絕望痛苦的哀號，更令人感到既定的命運無法改變。儘管她聽不懂當年希禮講的話，但他的聲音讓她不寒而慄，而她聽到瑞德現在這樣的聲音，也同樣使她的心往下沉落。他那種的聲音和態度，比起他講的內容更讓她心煩意亂，而方才的高興和興奮已經消失無蹤。情況有點不妙，非常地不妙。她說不出來哪裡不對勁，只好屏息聽他說，緊盯著那張黝黑的臉，希望聽到可以驅散她內心恐懼的話。

「很明顯，我們倆是天生的一對。顯然在所有認識妳的男人當中，我是惟一在看清妳真面目之後還會愛妳的人，因為妳像我一樣冷酷、貪婪又無所顧忌。

我愛妳，所以我想碰碰運氣，我以爲妳會淡忘希禮。但是，」他聳了聳肩膀，「我用盡千方百計卻毫不管用。我是那麼地愛妳，思嘉。如果妳給過我機會的話，我會非常溫柔、非常體貼地愛妳，超越任何一個男人對一個女人的愛。但我不能讓妳知道，因爲我很清楚，那樣的話妳會認爲我軟弱，利用我的愛對付我。而且希禮永遠——永遠在妳的心坎裡。這簡直把我逼瘋了！我無法每天晚上坐在妳的對面，因爲妳巴不得坐在我位置上的是希禮。夜裡我沒法把妳摟在懷裡，因爲我知道——不過，現在一切都無所謂了。現在我倒奇怪當時我怎麼會那麼難過，難過到讓我到貝兒那邊尋求安慰。她誠心誠意地愛我，把我當成紳士般尊敬我——儘管她是一個不識字的妓女。她撫慰了我的虛榮心。而妳從來沒有給過我安慰，親愛的。」

「噢，瑞德……」聽到他提起貝兒的名字，她覺得很難受，想要插話，他揮手讓她住口，繼續往下講。

「後來，那天晚上我抱妳上樓——我想——我希望—我滿懷希望，以至於第二天早上我都不敢面對妳，害怕我弄錯，害怕妳不愛我。我害怕被妳嘲笑，所以我溜出去喝得爛醉。當我回來，我雙腿發抖，要是妳能到樓梯口迎接我，給我一些暗示，我就會撲倒在地上親吻妳的腳。但是妳沒有。」

「噢，瑞德，我當時確實是要你的，而你是那麼的可惡！我想——沒錯，那一定是我第一次發覺自己

123

愛上你了。希禮，從那次以後，希禮就再沒有帶給我喜悅了，但是你是那麼的可惡——」

「哦，好吧，」他說，「看來我們好像彼此誤會了，不是嗎？但現在都無所謂了。我只想把一切都告訴妳，免得妳日後想不通。當初害妳病倒了，那都是我的錯，我站在妳門外，希望妳能喊我一聲，但妳沒有，於是我才明白一直以來我都是個傻瓜，一切都結束了。」

他停了下來，像希禮從前常做的那樣，目光越過她望著前方，彷彿看到她看不到的東西。她只能默默無言地盯住他那張沉思的面孔。

「但畢竟那時有美藍在，我還留有一絲絲希望。我喜歡把美藍當作妳，好像妳又回復到那個沒有經歷戰爭和貧窮煎熬的小女孩。她是那麼像妳，那麼任性、那麼勇敢、歡樂和精力旺盛，我可盡情寵愛她、縱容她—正如我想寵愛妳一樣。但她和妳不一樣，她是愛我的。可以把妳不要的愛給她，這是上天的恩賜……當她走了，把一切都帶走了。」

思嘉突然替他感到難過，難過得完全忘卻了自己的悲痛，和對這番話所隱含的意義感到的恐懼。這是她生平第一遭不帶輕蔑地替別人感到難過，因為這也是她有生以來第一次如此接近和了解別人的心。她能夠理解他這種狡獪、戒懼又頑固的心態，她自己就是這樣，他無法承認自己對她的愛就是害怕遭到拒絕。

「噢，親愛的，」說著她身體湊向前，希望他伸

出手把她摟到懷裡。「親愛的，我真得很抱歉，往後我一定會全心全意補償你！我們一定會幸福的，既然我們已經明白了事實——瑞德——看著我，瑞德！我們可以再有孩子——不像美藍，而是——」

「謝謝妳，不了，」瑞德，好像在拒絕別人給的麵包。「我不想拿我的心冒第三次險了。」

「瑞德，不許你這麼說！噢，我該怎麼說才能讓你明白呢？我已經說過我是多麼地對不起你——」

「我親愛的，妳簡直是個小孩子。妳以為說一句『對不起』就可以彌補這麼多年的錯誤和傷害，抹去所有心靈的創傷，把舊傷口所有毒液吸出來……拿我的手帕用，思嘉。無論妳碰到任何緊急關頭，我從沒看妳有過手帕。」

她接過手帕，擤了擤鼻子，坐了下來。很顯然地，他是不會把她摟進懷裡。她開始明白了，所有關於愛她的話毫無意義了。那只是很久以前的故事，而那些過往的事他似乎不曾經歷過。這真是令人膽顫心驚。他近乎和善地瞧著她，眼裡充滿沉思。

「妳多大了，親愛的？妳從來不肯告訴我。」

「二十八，」她拿手帕捂著嘴，聲音悶悶地回答。

「年紀不算很大。對於已經贏得了世界卻失去自己靈魂的人而言，年紀還算小，不是嗎？別這麼驚恐。我不是說妳會因為對希禮的私情就受到地獄之火的煎熬。我只是打比方說。自從我認識妳以來，妳一

直想要兩樣東西。一樣是希禮，另一樣就是數不盡的金錢，可以叫世上的人統統下地獄去。現在妳錢也夠多了，對世人夠苛薄了，希禮也到手了，假如妳想要的話。可是妳現在似乎又嫌不夠。」

她是嚇壞了，但不是因為想到地獄之火。她心想：「瑞德才是我的靈魂，而我正在失去他。如果我失去他了，其他的根本沒有意義！不論是朋友或是金錢，或者——一切都沒有意義了。只要有他在，哪怕再度窮困潦倒我也毫不在意。即使，又要挨餓受凍我也不介意。他不會是當真的吧！噢，他不會的！」

她擦拭眼淚，不顧一切地說：

「瑞德，如果你曾經那麼愛我，那麼一定對我還有一些感情的。」

「我發現剩下的只有兩種感情，而這兩種是妳深惡痛絕的——憐憫和怪異的慈悲。」

憐憫！慈悲！「噢，我的天，」她絕望地想著。她絕不想要憐憫和慈悲。每當她對人們產生憐憫和慈悲的時候，都會伴隨著鄙視。什麼都比這兩種感情好。無論是戰爭時期對她的冷嘲熱諷，還是那天夜裡喝醉酒後強抱她上樓、強而有力的手弄得她滿身瘀青的那股瘋狂，或是他那些現在她明白其實是隱藏著苦澀的愛的挖苦話。惟有這兩種感情她最不能忍受。但此刻，他臉上明明白白地寫著只有那種不涉及私情的慈悲。

「那麼——你是意謂我把一切都毀了——你不再

愛我了？」

「正是。」

「但是，」她固執地說，像個小孩子一樣，覺得只要說出來就可以如願似的，「可是我愛你！」

「那就是妳的不幸了！」

她迅速抬起頭，想看看這話是否有嘲弄的意思，結果發現沒有。他只是在陳述一個事實。她仍不願相信這是一個事實——無法相信。她斜眼盯著他，眼裡燃燒著強烈的固執，下巴突然揚起，臉頰柔和的線條變得堅硬地活像她的父親郝嘉樂。「別傻了，瑞德！我可以讓——」

他突然舉起一隻手來，假裝受到驚嚇的樣子，兩道黑黑的眉毛像過去嘲諷人時一樣揚起，聳成兩個新月形。

「別擺出這麼意志堅定的樣子，思嘉！妳嚇壞我了。我看妳是打算把妳對希禮暴風驟雨式的愛情轉移到我身上，我可擔心會失去自由和內心的平靜。不，思嘉，我不會像倒楣的希禮那樣被妳追求。再說，我就要離開了。」

她還沒來得及咬緊牙根，下巴就顫抖起來。離開？不，絕不可以！沒有他怎麼活下去？每個人都離開她了，只剩下瑞德了，他不能走。但是她要怎麼留住他？面對他冷酷的心和冷漠的話語，她已經無能為力了。

「我正要離開。原本妳從瑪麗埃塔剛回來的時

候，我就要告訴妳的。」

「你要拋棄我嗎？」

「別裝出像戲裡遭遺棄的妻子那副模樣，思嘉。這種角色不適合妳。我懂了，妳不想離婚或是分居對嗎？那好吧，我會時時回來讓別人沒辦法說閒話。」

「該死的閒話！」她惡狠狠地說。「我要的是你。帶我一起走吧！」

「不，」他說，他的聲音顯出決絕。有一瞬間，她差點像個小孩子般嚎啕大哭。她有可能像小孩子摔在地上，大叫大鬧，頓足詛咒。但是僅存的那點自尊心和常識阻止了她。她想，如果我那樣做，他只會嘲笑我，或是只看著我。我絕不能哭鬧，絕不能乞求。我絕不能做出任何讓他瞧不起的事情。即使他不愛我，我也必須讓他尊重我。

她抬起下巴，強做鎮定地問：

「你要去哪裡？」

他回答時眼光露出一絲讚賞。

「或許是英格蘭，或是去巴黎。或許回查爾斯頓嘗試和家鄉人和解。」

「但是你恨他們！我常聽你嘲笑他們，而且——」

他聳了聳肩。

「我仍在嘲笑他們，可是我已經到了該結束流浪的時候了，思嘉。我四十五歲，人們到了這把年紀，就會開始對他年輕時輕易拋棄的一些東西感到珍惜，

比如家族的觀念、名譽和安穩，祖先等等—噢，不！我不是在悔改，也不是對過往的所作所為感到後悔。我一直都過得很開心——開心到讓我覺得乏味，現在我想換換口味。我並不想徹底改變，只是想模仿我過去熟悉的一些東西，像是無聊透頂的名望——別人的名望，親愛的，不是我自己的—在那已經消逝的優雅年代、上流社會的鎮定自若和宜人的紳士風度。我年輕時沒有意識到這些事的淡雅魅力。」

這把思嘉又帶回那年冬天在塔拉果園的情景，當時希禮的目光和瑞德現在的目光一模一樣。她耳邊清晰地響起希禮說的那番話，彷彿現在說話的不是瑞德而是希禮。她像鸚鵡學話般把希禮當時的一些片段說了出來：「一種光彩——如同古希臘藝術般完美和諧。」

瑞德警覺地問：「妳怎麼會說出這些話？我正是這個意思。」

「這是——希禮曾經說過的，關於舊時代。」

他聳了聳肩，眼中的光彩消失無蹤。

「總是希禮，」他說完沉默了一會兒，然後才又開口。

「思嘉，等妳到四十五歲的時候，或許妳會明白我現在說的話。到那時候，或許妳也會厭倦那種矯飾的斯文，虛偽的禮貌和廉價的感情。但我懷疑，我想妳是永遠只會迷戀美麗的外表，不重視實質。反正我是等不到那一天的，而且我也不想等，我對此已經毫

無興趣了，我要去那些古老的城鎮和鄉村去搜尋，那裡一定還保留著一些昔日的風範。現在的我太多愁善感了，亞特蘭大對我來說太粗淺、太時尚了。」

「別說了。」她脫口而出。瑞德說的話她幾乎一句也沒聽進去。她內心壓根都不想接受這些話。但她知道她再也無法忍受他那種冰冷毫無感情、口氣強硬的聲音。

他停下來，很詫異地望著她。

「這麼說，妳明白我的意思了，對吧？」他一邊問一邊站起身來。

她用一種古老的哀求姿態，手掌朝上向他伸出雙手，心思全都寫在臉上。

「不，」她哭喊著。「我只知道你不愛我了，你就要走了！噢，親愛的，如果你走了，叫我怎麼辦？」

他猶豫了一下，彷彿在斟酌是對她說個善意的謊言呢？或是實話實說的好？然後他聳了聳肩。

「思嘉，我從來就沒有耐心把已經破碎的布揀起來黏好，然後對自己說這個補過的布像新的一樣好。破了就是破了，我寧願記住它破碎以前的美好樣子，也不願意一輩子看著那些補丁。或許，如果我還年輕——」他嘆了口氣。「但是我太老了，再也不相信『盡釋前嫌，重新開始』之類的感性說法了，老到無力承受一再說謊的負擔，活在幻滅中。和妳生活在一起，對妳說謊，對自己說謊，我辦不到。即使是現

在，我也沒辦法對妳說謊，我希望我能在乎妳今後的一切行動，可我做不到。」

他很快地吸了一口氣，接著輕快柔和地說：

「親愛的，我完全不在乎呢。」

（以上選譯自《飄》第63章）

郝思嘉：時代劇變下的贏家和輸家

　　《飄》是一部享譽世界的愛情佳作，人物和場景的描寫細膩生動，優美的文字、個性化的對白、跌宕起伏的情節感動了古今中外無數的讀者。《飄》悲歡離合的愛情故事的確令人嚮往，然而《飄》的情節已經超越了愛情的範圍，圍繞在小說人物身上的時代背景和社會傳統，諸如美國南北戰爭、南方邦聯首都亞特蘭大城和莊園（plantation）[6]的風貌、南方子弟對捍衛家園的責任感、少爺閨秀們的衣著舉止、上流社會優雅高尚的悠閒生活等更具時代精神和吸引力。郝思嘉這個角色性格複雜，具有強烈色彩，她的執著和剛毅使她在急遽變動的時代中，憑藉著自己的精明才智、冷酷無情的手段，以女性身分創造了一片屬於自己的天空，卻也在追逐金錢和物質的貪婪中輸了愛情。她現實生活中以婚姻做為交易，三次婚姻沒有一次出自真心；精神上固執地迷戀自己內心幻構的、不存在的完美情人，最終失去了一直在她身旁深情注視的真愛。

6　十九世紀中期，美國南方遍布著莊園，莊園占地廣，本身是獨立的經濟體，種植農作物和蓄養牲畜，當時美國的黑奴制度就是為了維持莊園的經濟。

※時代劇變下的贏家郝思嘉：永遠「明天又是嶄新的一天」

傳統父權社會體制的思想裡，女性被教育成高雅、舉止合宜的淑女，對外在世界發生的事情不用太關心。只要把自己打扮得漂漂亮亮，悅己悅人，嫁到好對象，依靠男人自然生活無虞。十九世紀中葉的美國南方就是典型的父權社會，女孩們被教導在男士面前要表現得柔弱、親切、無知，即使她們認為男方很愚蠢，也要裝出很崇拜他的樣子，適時違心地誇獎他幾句。南方佳人郝思嘉是貫穿《飄》全書的主角，她追求自由，擺脫傳統道德規範，在其固執、任性、好強、虛榮的性格特徵之下，有著永不屈服的堅韌精神。思嘉原本是個莊園大小姐，生活無憂無慮，熱衷於打扮、跳舞、宴會，關心的只是「自己的美貌可以吸引多少男人的目光」，她率性叛逆的思想和行為，與當時在傳統觀念教育下成長的南方大家閨秀形成巨大反差，不像其他小姐那般做作、嬌氣。

南北戰爭的爆發改變小說中每個人物的命運。思嘉因為戰爭，第一任丈夫查理從軍病死，活潑好動的她成了抑鬱寡歡的年輕寡婦，從而讓個性相投的瑞德有機會接近思嘉，並討她歡心。等到北軍攻陷亞特蘭大，瑞德冒著生命危險英雄救美，不知不覺中在思嘉心裡占據了重要地位，只是思嘉當時渾然未覺。隨著戰爭結束，回到滿目瘡痍的塔拉莊園，思嘉沒被命運擊倒。當她看到南方固有的價值觀和生活形態已隨風遠逝，身旁的人還在回憶曾經擁有的悠閒高尚生活、陷溺在悲緒中無法自拔時；當她站在走道上聽見小姐們哭泣哽咽聲時，她腦中已經開始構思讓莊園起死回生的策略。為了重振家業，她從原先驕縱的千金小姐變身為擔負一家生計重任的強悍女子，本該

下人做的粗活她都得自己來。她充滿鬥志，樂觀積極面對困境，果敢堅毅地尋找出路，永遠不放棄希望。小說中最能體現在逆境裡她堅忍不服輸的性格，就是當她回到被摧毀的家園後，飢餓地在荒蕪的農田裡翻找食物時發誓說：「上帝作我的見證，北佬休想把我打垮，等熬過了這一關，我發誓我不會再挨餓，也絕不再讓我的親友挨餓。哪怕讓我說謊、去偷、去搶、去殺人，請上帝為我作證，我發誓無論如何都不要再忍受飢餓了！」她很清楚過去養尊處優的好日子已經逝去，她提起沉甸甸的籃子當下就已規劃好未來生活藍圖，並且義無反顧地予以實踐。她的經典名言就是："Tomorrow is another day!"

　　經歷戰爭的洗禮和貧困的歷練後，她不擇手段攫取金錢，甚至到極為貪婪的地步。她尖苛和自私，毫不猶豫地用欺騙手段搶走妹妹的男人，讓他成為第二任丈夫後，開始經營木材工廠。金錢就是一切的資本主義精神讓她變得惟利是圖，她很少在乎社會的議論，不會因為流言而退縮或讓步，敏銳的商業頭腦和狡詐冷酷的手腕，讓她在南方社會轉型期奪得先機，成為自食其力的商場女強人。十九世紀西方資本主義家的特質同樣體現在白瑞德身上，他機警冷靜，不擇手段，富有冒險精神，清楚地認識到社會發展的趨勢。和思嘉一樣，他們都是堅強而無所顧忌，不會被不切實際的道德觀念所束縛。他利用戰爭契機，穿越封鎖線偷渡物資而致富。他認為「把一片荒野變得繁榮而致富的是帝國主義時期，在帝國主義時期有許多錢好賺，在帝國主義滅亡時期可以賺更多。」反觀思嘉迷戀的衛希禮，高大英俊，有知識、文化、修養，具備南方子弟所有的美德。但如此完美的謙謙公子，內戰結束後，沉迷在已經逝去的南方舊世界裡，無法調整心態，缺乏面對時代變遷的勇氣，因

此消沉、喪失鬥志。他遵從舊時代的遊戲規則生活，在狡詐的生意戰場上跌跌撞撞，與新時代格格不入。

南北戰爭後，美國加速了工業化的進程，資本主義在美國全面開展，經濟超越了歐洲等先進資本主義國家，美國一躍成為世界第一強國。思嘉接受現實，拋棄過去，憑著堅強勇敢與劇變的時代抗衡，走在時代先端。她的自私殘忍是一個資本家生存和發展的重要關鍵，在那樣的環境，只有金錢才能讓自己擺脫貧窮、飢餓的噩夢。她身上表現出來擺脫傳統束縛和自強不息的創業精神，足以反映美國人樂觀奮鬥的務實精神，給那些對生活感到迷茫與困惑的人指點迷津，想在生活占有主導地位就必須積極面對生活，想辦法克服困難。在動盪的時代，思嘉懂得應變，與時俱進，是個創造物質生活的大贏家。

※時代劇變下的輸家郝思嘉：缺乏對情感和內在需求的了解

思嘉就像瑞德說的，像個小孩子一樣，對於自己想得到的東西異常執著，拼命想得到，對於自己擁有的東西卻不屑一顧。她拼命追求愛情，從未放棄對希禮的愛戀之情，沉醉在自己編織的幻想之中。現實生活的婚姻對她而言只是生存的權宜之計，為了生活她不惜出賣自己和愛情，把婚姻當作交易。第一次結婚是為了刺激希禮，嫁給了不愛的查理；第二次結婚是為了拯救塔拉莊園，耍心計與妹妹的情人結婚；第三次結婚是為了享受奢華的生活，並非愛瑞德。等到媚蘭的去世，橫在她和希禮之間的障礙去除了，才恍然大悟她愛的希禮根本不存在，而是自己虛構的東西。她只是做了一件華麗的衣服讓希禮穿上，而後愛上了他，事實上，她愛上的只是那件衣服。直到

最後才發現，長久以來她不停尋找的避難所，那個安全又溫暖的地方就是瑞德，可惜為時已晚，瑞德下決心永遠離開她。她從來沒有了解過她所愛過的兩個人，所以她兩個人都失去了。如果她真正了解希禮，就永遠不會愛上他；如果她真正了解瑞德，就不會一再錯過與他和好的契機，也就絕不會失去他。

在小說中思嘉反覆出現的一個夢魘，夢裡有一個可怕的東西在追她，黑夜濃霧中她不停地跑著，跑到心都快跳出來了。她永無止境地跑、不停地呼喊，想在一片朦朦朧朧中找個避難所躲起來。現實生活思嘉拼命賺錢是為了擺脫對貧困飢餓和死亡的威脅，對人生她並沒有具體的核心價值。在濃霧中迷失方向，象徵思嘉看不清內心需求，以至於即使事業有成，她內心依然惶懼不安，因此夢中不斷在逃跑，不斷在尋找讓內心安寧的處所。

「世人熙熙皆為名來，世人攘攘皆為利往。」每個人真正需要的是什麼？有人說：「普天之下只有兩種人，一種為名，一種為利。」名利真的可以帶給人幸福嗎？追求利益以提高生活享受是多數人的欲望，但是又有多少人不顧一切地追逐名利，付出寶貴代價之後，才明白自己內心真正的需求並不是這些。人們往往失去了才會珍惜，思嘉最大的遺憾就是不珍惜身邊最愛她的瑞德，去追求實際上無意義的東西，直到瑞德要消失了才發現他的可貴。如果他們能早點敞開心胸、坦誠交談，或許思嘉就可以早點看清生命中真正需要的是瑞德，只要有他在，哪怕再度窮困潦倒、又要挨餓受凍，她也會毫不在意。可是不幸地，到頭來破鏡難重圓，瑞德再也無法相信思嘉的真愛告白，繼續和思嘉生活一起。就愛和心靈的精神層面而

言，思嘉是個大輸家。

※塔拉莊園：思嘉力量的來源

父親對思嘉說道：「只有土地才是永恆不變的東西，因為土地是世界上惟一與日月同在的東西，妳千萬要記住！它是惟一值得妳付出心力的東西，也是惟一值得妳奮鬥、甚至犧牲生命的東西。」思嘉對土地的熱愛源自於父親的影響，在塔拉這片紅土上孕育她和家人的生命，只要這片紅土屬於她，那麼她就在這片紅土汲取生命的養分。塔拉給了思嘉堅毅的力量和活下去的勇氣，她曾經因為恐懼和挫敗逃回塔拉，塔拉是一個能讓她歇息喘氣的空間，一個能讓她舔傷口的安靜地方，一個讓她計畫戰鬥策略的避風港。她在塔拉屋簷的庇護下，再度變得強壯，為勝利做好準備。瑞德的離去讓她悲痛不已，腦海裡浮現的塔拉景象彷彿有雙溫柔清涼的手撫慰著她焦灼的心房，讓她恢復氣力，心裡寬鬆了許多。抱定必勝的決心，她堅信自己一定想得出辦法留住瑞德。「這些等我明天回到了塔拉再想吧！那時我就能忍受了。明天，我一定能想出辦法留住瑞德，畢竟，明天又是嶄新的一天。」

保障物質生活誠然重要，滿足精神需求更難能可貴。只要有心，物質和精神是可以同時擁有的。思嘉應對劇變的時代是一個贏家，也是一個輸家。所幸，塔拉是她的奮鬥目標，也是她的精神支柱，她總是回到塔拉尋求安慰和勇氣。雖然思嘉個性上有很多缺點，但她面對現實並主動解決問題的精神和勇氣令人敬佩。這個角色讓我們體認到只有不畏困難、積極面對現實解決問題，才是適應時代變化的強者，才能掌控自己的命運。相信如果能像思嘉一樣，找出自己的力量來源和精神

支柱，即使一時被瞬息萬變的外在環境擊倒，總可以再度站起來。

 延伸思考

1.分析美國南北戰爭的起因和帶來的影響。
2.就美國南北戰爭的時代背景而言，郝思嘉和白瑞德的性格有什麼現實意義？
3.剖析郝思嘉對白瑞德和衛希禮的情感糾結。
4.剖析塔拉莊園對郝思嘉的重要性。
5.生活規劃
  (1)郝思嘉在白瑞德離開之後回到塔拉莊園，她該如何規劃日後的生活？
  (2)在離開郝思嘉之後，白瑞德該如何規劃日後的生活？
  (3)韓媚蘭去世之後，衛希禮該如何規劃日後的生活？
6.贊同或反對人類科技文明可以宰制任何事物的說法？提出你的理由和依據。

戀愛篇

〈世紀末的華麗〉——愛戀的愉悅與虛妄

羅夏美

問題意識

　　愛戀是一種個人內在的心理欲望，也是一種人際互動的能量，更是一種推動社會經濟的欲望驅力。1980年代中期起，電腦、媒體盛行，跨國資本強力運作；資訊與經濟的瞬息萬變，快速而全面地改變了我們的日常生活；臺灣號稱跨入了「後現代社會」而走向「後現代主義文學」[1]，其中最顯明的社會徵象即是「文化商品化」；就消費心理而言，千變萬化朝生夕死的各式文化商品，雖則引人愉悅愛戀，但過度的感官刺激，卻也不免令人麻木厭倦；後現代社會裡，人們對自我、對他人、對商品、對文化、對世界的感受，在理性認知與感性愛戀兩方面，都產生了不同於傳統的新異與質變；促生了後現代新世代全新的自我觀、情愛觀、價值觀、消費觀與世界觀。

　　朱天文的小說《世紀末的華麗》（1990），敘述服裝模特兒米亞的時尚生活，以瑰麗炫奇的文字，描繪愛悅耽溺的欲望，敏銳而細緻地書寫了臺灣後現代「文化商品化」徵象。小說中米亞痛快過癮的與自我、與他者、與商品、與跨國文

1　後現代主義（Postmodernism）或後現代情境是西方「後工業社會」發展下的產物，二次世界大戰後，社會階級化已不再取決於傳統工業社會的判準，知識與教育所架構起來的技術、資訊與突飛猛進的科技取而代之，使得事物失去了權威性與神聖性，反映在文化上，則表現為「世俗化」、「文化商品化」、「反美學」、「反文化」等特徵。後現代主義文學肇基於與現代主義的關係之上，一方面為現代主義的發展與衍生，另一方面又以與現代主義決裂的姿態出現。現代主義文學若說是精英的、孤芳自賞的，那麼後現代主義文學則是大眾的、消費化的。後現代主義文學否定「結構」與「體系」的可能，並且質疑主體的存在，呈顯強烈「去中心化」的色彩，從而重視文學與文化多元「差異性」的並存，鄙棄所謂的「終極價值」，認定「真理」與「信念」不過都是暫存的話語形式。其表現技巧主要有拼貼、戲仿等。臺灣文學的確曾經受到後現代主義文學的影響，1980年代以後的創作，如夏宇的詩集《腹語術》、朱天文的《荒人手記》、舞鶴的《鬼兒與阿妖》與駱以軍的《遣悲懷》等小說，都明顯有後現代主義文學技法的展現。

化、與文學藝術談戀愛，鋪張揚厲地展演著奢華金燦的「欲海浮世繪」，時而也自覺而嘲諷地掀起華麗表象底層那黝暗而粗礪的生活現實。閱讀〈世紀末的華麗〉，米亞那深重執迷的自戀、戀物癖及戀字癖，一方面可以喚起讀者曖昧貪戀的感性愉悅，二方面可以認知後現代新世代的價值觀，三方面可以領略小說對聲色犬馬後現代臺北的諷刺，四方面可以感受小說聲色底層所流露出的人際疏離與夢幻滄桑。這樣的文學，讓讀者深切地體驗著後現代生活的愉悅與虛妄。

文本背景

　　朱天文（1950－）是臺灣當代名小說家之一。高中即開始寫作，從屬於「三三集團」，淡江大學英文系畢業。此後創作不輟，著有《炎夏之都》（1986）、《世紀末的華麗》（1990）等。1994年以《荒人手記》獲得首屆時報文學百萬小說獎，2007年有長篇小說《巫言》。另著有電影劇本《戀戀風塵》、《悲情城市》、《好男好女》⋯⋯，散文集《淡江記》、《三姊妹》等。論者多依時間縱向，將其作品區分為三期：青春期作品包括《喬太守新記》（1997）、《傳說》（1981）、《最想念的季節》（1984）三本，主題關注少女情懷、悠遠的中國想望、校園風光等，多用傳統的寫實主義技巧，風格靈慧而清新。轉變期作品包括《炎夏之都》（1987）與《朱天文電影小說集》（1990），主題多關注臺灣青少年成長期的時地物，以淡遠的筆調，書寫臺

灣城鄉風貌，素樸的抒發社會情感。成熟期作品包括《世紀末的華麗》（1990）、《荒人手記》（1994）及《巫言》（2007）。內容描繪並反思臺灣後現代文化，以雅俗合流、邐迤漫漶[2]的文字，浮雕著輕淺虛幻的後現代生活，企圖對當代做出某種層次的諷喻與啓悟。她的後現代小說，內容繁富而文字複麗，風格卓越特異如炫目的強光，寫出了自己的風格與「品牌」。

　　1990年的《世紀末的華麗》，一面熱烈地彩繪著，一面冷涼地質疑著「美好」的後現代光景；主角時裝模特兒米亞，悠遊並耽溺於文化雜匯的後現代臺北—巴黎東京米蘭與後現代臺灣擬像連結的「跨文化邦聯」；米亞以己身的青春綺貌為安居樂業之所，縱恣於令人愉悅愛戀的感官享樂，成為被跨國經濟浸透的消費至上的物質主體，且對浮華世界發出浮誇可疑的擬女性主義宣稱——她將以感官手藝顛覆並重建世界。作者透過這個角色，既反思又迷戀地彩繪這種虛擬的又是「超眞實」的後現代光景。小說以主角的感官工藝和己身的瑰麗文字做成花蝴蝶標本，思考感官世界裡的超拔、安身之道，標示出「以感官追求救贖感官耽溺」的虛矯與可疑，顯見作者對於當代的思索與焦慮。

2　邐迤，音ㄌㄧˇ ㄧˇ。曲折連綿的樣子。漫漶，音ㄇㄢˋ ㄏㄨㄢˋ。模糊不可辨認的樣子。

世紀末的華麗

朱天文 著

　　這是臺灣獨有的城市天際線，米亞常常站在她的九樓陽臺上觀測天象。依照當時的心情，屋裡燒一土撮安息香。

　　違建鐵皮屋布滿樓頂，千萬家篷架像森林之海延伸到日出日落處。我們需要輕質化建築，米亞的情人老段說。老段用輕質沖孔鐵皮建材來解決別墅開天窗或落地窗所產生的日曬問題。米亞的樓頂陽臺也有一個這樣的棚，倒掛著各種乾燥花草。

　　米亞是一位相信嗅覺，依賴嗅覺記憶活著的人。安息香使她回到那場八九年春裝秀中，淹沒在一片雪紡、喬其紗、緞綢、金蔥、紗麗、綁紮纏繞圍裹垂墜的印度熱裡，天衣無縫，當然少不掉錫克教[3]式裹頭巾，搭配前個世紀末展露於維也納建築繪畫中的裝飾風，其間翹楚克林姆[4]，綴滿亮箔珠繡的裝飾風。

　　米亞也同樣依賴顏色的記憶，比方她一直在找有

3　錫克（Sikh）人，亦稱錫克教徒，指信仰錫克教的信徒。Sikh一詞源自梵語shishya，意思即「弟子」或「學生」。錫克教徒外型的顯著特徵為裹頭巾，頭巾色澤無定規，隨個人喜好，或按衣服穿著的顏色搭配；留長髮、蓄鬍鬚，帶鐵手鐲、配短劍，穿短褲。禁煙禁酒，飲食方面則沒有什麼嚴格的禁忌。錫克教信奉真神「真名」，嚴格信仰一神論。錫克人大部分居住於印度與巴基斯坦的旁遮普地區。

4　克林姆（Gustav Klimt）（1862-1918），奧地利畫家，1897年創辦了維也納分離派（Vienna Secession）。他作畫的題材廣泛，包含古希臘、拜占庭、埃及、克里特藝術，融合了多元的資源，而形成他個人的特色及不同凡響的風姿。他特別關注女性的命運，使人注意到人性黑暗的一面，如〈茱蒂絲一號〉（1901）等作。克林姆的創作顛峰「金色時期」為他帶來了正面評價與成功，此時期的作品常使用奪目的金箔與裝飾風格，最著名的代表作是〈艾蒂兒肖像一號〉（1907）與〈吻〉（1907-1908）。

一種紫色，想不起來是什麼時候和地方見過，但她確信只要被她遇見一定逃不掉，然後那一種紫色負荷的所有東西霎時都會重現。不過比起嗅覺，顏色就遲鈍得多，嗅覺因爲它的無形不可捉摸，更加銳利和準確。

鐵皮蓬架，顯出臺灣與地爭空間的事實，的確，也看到前人爲解決平頂燠曬防雨所發明內外交流的半戶外空間。前人以他們生活經驗累積給了我們應付臺灣氣候環境的建築方式，輕質化。不同於歐美也不同於日本，是形式上的輕質，也是空間上輕質、視覺上輕質，爲烈日下擁塞的臺灣都市尋找紓解空間。貝聿銘[5]說，風格產生由解決問題而來。如果他沒有一批技術人員幫他解決問題，羅浮宮金字塔[6]上的玻璃不會那樣閃閃發亮而透明，老段說。

老段這些話混合著薄荷氣味的藥草茶。當時他們坐在棚座底下聊天，米亞出來進去沏茶。

清冽的薄荷藥草茶，她記起九〇年夏裝海濱淺色調。那不是加勒比海繽紛印花布，而是北極海海濱。幾座來自格陵蘭島的冰山隱浮於北極海濛霧裡，呼吸冷凍空氣，一望冰白，透青，纖綠。細節延續八九年

---

5 貝聿銘（1917－），美籍華人建築師，被譽為「現代主義建築的最後大師」。貝聿銘作品以公共建築、文教建築為主，善用鋼材、混凝土、玻璃與石材。代表作是羅浮宮的金字塔。

6 羅浮宮（Musee du Louvre）位於法國巴黎市中心的塞納河邊，原是法國王宮，後改建成羅浮宮博物館，藝術收藏達三萬五千件，包括雕塑、繪畫、美術工藝、古代東方、古代埃及和古希臘羅馬等七個門類。貝聿銘設計的玻璃金字塔，為羅浮宮聞名世界的入口。

秋冬蕾絲鏤空，轉爲魚網般新鏤空感，或用壓褶壓燙出魚鰭和貝殼紋路。

米亞與老段，他們不講話的時刻便做爲印象派[7]畫家一樣，觀察城市天際線日落造成的幻化。將時間停留在畫布上的大師，莫內[8]，時鐘般紀錄了一日之中奇瓦尼河上光線的流動，他們亦耽美於每一刻鐘光陰移動在他們四周引起的微細妙變。蝦紅，桂紅，亞麻黃，著草黃，天空由粉紅變成黛綠，落幕前突然放一把大火從地平線燒起，轟轟焚城。他們過分耽美，在漫長的賞歡過程中耗盡精力，或被異象震攝得心神俱裂，往往竟無法做情人們該做的愛情事。

米亞願意這樣，選擇了這種生活方式。開始也不是要這樣的，但是到後來就變成惟一的選擇。

她的女朋友們，安、喬伊、婉玉、寶貝、克麗絲汀、小葛，她最老二十五歲。黑裡俏的安永遠在設法把自己曬得更黑，黑到一種程度能夠穿螢光亮的紅、綠、黃而最顯得出色。安不需要男人，安說她有頻率震盪器，所以安選擇一位四十二歲事業有成已婚男人當作她的情人，已婚，因爲那樣他不會來煩膩她。安做美容師好忙，有閒，還要依她想不想，想才讓他約

7　印象派（Impressionism）是1860年代在法國展開的藝術運動。印象派的命名源自於莫內（Claude Monet）於1874年的畫作〈印象·日出〉。畫作常見的特色是筆觸未經修飾而自然顯見，構圖寬廣無邊，尤其著重於光影的改變、對時間的印象，並以生活中的平凡事物做為描繪對象。

8　莫內（Claude Monet，1840-1926），法國畫家，印象派代表人物和創始人之一，擅長光與影的實驗與表現技法。「印象派」一詞即出自其代表作〈印象·日出〉（1872）的標題。

她。對於那些年輕單身漢子，既缺錢，又毛躁，安一點興趣也沒有的。

職業使然，安渾身骨子裡有一股被磨砂霜浸透的寒氣滲出。說寒氣，是冷香，低冷低冷壓成一薄片鋒刀逼近。那是安。

日本語彙裡發現有一種灰色，浪漫灰。五十歲男人仍然蓬軟細貼的黑髮但兩鬢已經飛霜，喚起少女浪漫戀情的風霜之灰，練達之灰。米亞很早已脫離童騃[9]，但她也感到被老段浪漫灰所吸引，以及嗅覺，她聞見是只有老段獨有的太陽光味道。

那年頭，米亞目睹過衣服穿在柳樹粗椏跟牆頭間的竹竿上曬。還不知道用柔軟精的那年頭，衣服透透曬整天，堅質糯挺，著衣時布是布，肉是肉，爽然提醒她有一條清潔的身體存在。媽媽把一家人的衣服整齊疊好收藏，女人衣物絕對不能放在男人的上面，一如堅持男人衣物曬在女人的前面。她公開反抗禁忌，幼小心智很想試測會不會有天災降臨。柳樹砍掉之後，土地徵收去建國宅，姐姐們嫁人，媽媽衰老了，這一切成為善良回憶，一股白蘭洗衣粉洗過曬飽了七月大太陽的味道。

良人的味道。那還摻入刮鬍水和菸的氣味，就是老段。良人有靠。雖然米亞完全可以養活自己不拿老段的錢，可是老段載她脫離都市出去雲遊時，把一疊錢交給她，由她沿路付帳計算，回來總剩，老段說留

9　童騃：騃音ㄞˊ。騃，愚痴。童騃指年幼無知。

著吧！米亞快樂的是他使用錢的方式把她當成老婆，而非情人。

白雲蒼狗，川久保玲[10]也與她打下一片江山的中性化俐落都會風絕裂，倒戈投入女性化陣營。以紗，以多層次線條不規則剪裁，強調溫柔。風訊更早已吹出，發生在八七年開始，邪惡的墮落天使加利亞諾回歸清純！一系列帶著十九世紀新女性的前香奈爾[11]式套裝，和低胸緊身大蓬裙晚禮服，和當年王室最鍾愛穿的殖民地白色，登場。

小葛業已拋置大墊肩，三件頭套裝。上班族僵硬樣板猶如圍裙之於主婦，女人經常那樣穿，視同自動放棄女人權利。小葛穿起五〇年代的合身，小腰，半長袖。一念之間了豁，為什麼不，她就是要占身為女人的便宜，越多女人味的女人能從男人那裡獲利越多。小葛學會降低姿態來包藏禍心，結果事半功倍。

垂墜感代替了直線感，厭麻喜絲。水洗絲砂洗絲的生產使絲多樣而現代。螺縈由木漿製成，具棉的吸濕性吸汗，以及棉的質感而比棉更具垂墜性。螺縈雪紡更比絲質雪紡便宜三分之一多。那年聖誕節前夕寒流過境，米亞跟婉玉為次年出版的一本休閒雜誌拍春

---

10 川久保玲（かわくぼ れい，Rei Kawakubo，1942－），日本服裝設計師，出生於東京，畢業於慶應義塾大學。1980年代前期，她以不對稱、曲面狀的前衛服飾聞名全球，受到許多時尚界人士的喜愛。

11 香奈爾（Chanel）是可可·香奈爾（Coco Chanel）在1909年創辦的巴黎女裝店。它的輝煌來自於它的旗幟－香奈爾五號香水；以及廣受歡迎的香奈爾套裝，一種特別而優雅的設計，包括齊膝短裙和幹練的短上裝，黑色裁邊和金色鈕扣，搭配大串珍珠項鏈。

裝，燒花螺縈系列幻造出飄逸的敦煌飛天[12]。米亞同意，她們賺自己的吃自己的是驕傲，然而能夠花用自己所愛男人的錢是快樂，兩樣。

梅雨潮濕時螺縈容易發霉，米亞憂愁她屋裡成缽成束的各種乾燥花瓣和草莖，老段幫她買了一架除濕機。風雨如晦，米亞望見城市天際線彷彿生出厚厚墨苔。她喝辛辣薑茶，去濕味，不然在卡帕契諾泡沫上撒很重的肉桂粉。

肉桂與薑的氣味隨風而逝，太陽破出，滿街在一片洛可可[13]和巴洛克[14]宮廷紫海裡。電影阿瑪迪斯[15]效應，米亞回首望去，那是八十五年長夏到長秋，古

---

[12] 敦煌市位於中國甘肅省西北部，為國家歷史文化名城。以敦煌石窟及敦煌壁畫而聞名天下，是世界文化遺產莫高窟和漢長城邊陲玉門關及陽關的所在地。飛天，意為飛舞的天人，原是古印度神話中的歌舞神和娛樂神，後被佛教吸收於眾神之內。飛天的形象現今大多畫作存於敦煌佛教石窟壁畫中。

[13] 洛可可（Rococo）藝術是法國十八世紀的藝術樣式，流行於路易十五（1715-1774）時代，風格纖巧、精美、浮華、繁瑣。是繼巴洛克（Baroque）藝術風格之後，發源於法國並很快遍及歐洲的一種藝術樣式。常使用貝殼紋樣、曲線、渦旋狀等蜿蜒反復的紋飾，創造出一種非對稱的、富有動感的、自由奔放而又纖細、輕巧、華麗繁複的裝飾樣式。先前巴洛克風格那洋溢的生氣、莊重的量感和男性的尊大感，都被洛可可式洗練的舉止和風流的遊戲般的情調，以及豔麗而纖弱柔和的女性風格所取代。如果說十七世紀的巴洛克風服飾是以男性為中心、以路易十四的宮廷為舞臺展開的奇特裝束，與此相對，十八世紀的洛可可風服飾則是以女性為中心，以沙龍為舞臺展開的優雅樣式。

[14] 巴洛克（Baroque）是十七世紀歐洲廣為流傳的一種藝術風格。承襲自文藝復興末期的矯飾主義，著重在強烈感情的表現，而不像鼎盛期文藝復興以前那樣的嚴肅、含蓄。此時強調流動感、戲劇性、誇張等特點，常採用富於動態感的造型要素，如曲線、斜線等。其風格趨向多少也反映了當時歐洲的動盪局勢、不安而豐裕的現實景象。

[15] 《阿瑪迪斯》（Amadeus）是美國導演福曼（Milos Forman）所執導的電影，描述音樂神童沃夫岡・阿瑪迪斯・莫扎特（Wolfgang Amadeus Mozart）傳奇的一生，於1984年上映。《阿瑪迪斯》於1984年獲得奧斯卡獎八項大獎。

典音樂卡帶大爆熱門。

八七年鳶尾花創下天價拍賣紀錄後，黃，紫，青，三色系立刻成為色彩主流。梵谷[16]引動了莫內，妃藍，妃紅，嫣紫，二十四幅奇瓦尼的水上光線借衣還魂又復生。大溪地花卉和橙色色系也上來，那是高更[17]的。高更回顧展三百餘幀展出時，老段偕他二兒子維維從西德看完世界盃桌球錦標賽後到巴黎正好逢上，回來送她一幅傑可布與天使摔角。

因為來自歐洲，用色總是猶疑不決，要費許多時間去推敲。其實很簡單，只要順性往畫布上塗一塊紅塗一塊藍就行了。溪水中泛著金黃色流光，令人著迷，猶疑什麼呢？為什麼不能把喜悅的金色傾倒在畫布上？不敢這樣畫，歐洲舊習在作祟，是退化了的種族在表現上的羞怯。大溪地時期高更熱烈說。老段像講老朋友的事講給她聽。

老段和她屬於兩個不同生活圈子，交集的部分占他們各自時間量上來看極少，時間質上很重。都是他們不食人間煙火那一部分，所以山中一日世上千年提煉成結晶，一種非洲東部跟阿拉伯產的樹脂，貴重香料，凝黃色的乳香。

---

16 梵谷（Vincent Willem van Gogh，1853-1890），荷蘭後印象派畫家。他是表現主義的先驅，並深深影響了二十世紀藝術，尤其是野獸派與德國表現主義。梵谷的作品，如〈麥田群鴉〉（1890）、〈向日葵〉（1888）與〈星夜〉（1889）等，現已擠身為全球最知名、最昂貴的藝術作品的行列。

17 高更（Paul Gauguin，1848-1903）生於法國巴黎，成名於大溪地，印象派畫家。作品風格趨向於「原始」，用色和線條都較為粗獷，畫作中往往充滿具象徵性的物與人。代表作是《在沙灘上的大溪地女人》（1891）。

乳香帶米亞回到八六年十八歲，她和她的男朋友們，與大自然做愛。這一年臺灣往前大跨一步，直接趕上流行第一現場歐洲，米亞一夥玩伴報名參加誰最像瑪丹娜比賽，由此開始她的模特兒生涯。體態意識抬頭，這一年她不再穿寬鬆長衣，短且窄小。瑪丹娜褻衣外穿風吹草偃颳到歐洲，她也有幾件小可愛，緞子，透明紗，麻，萊克布，白天搭麂皮短裙，晚上換條亮片裙去KISS跳舞。

　　她像貴重乳香把她的男生朋友們黏聚在一起。總是她與沖沖號召，大家都來了。楊格，阿舜跟老婆，歐，螞蟻，小凱，袁氏兄弟。有時是午夜跳得正瘋，有時是椰如打佯了已付過帳只剩他們一桌在等，人到齊就開拔。小凱一部，歐一部，車開上陽明山。先到三岔口那家7-ELEVEN購足吃食，入山。

　　山半腰箭竹林子裡，他們並排倒臥，傳五加皮仰天喝，點燃大麻[18]像一隻魑魅[19]紅螢遞飛著呼。呼過放弛躺下，等眼皮漸漸痠重闔上時，不再聽見濁沉呼吸，四周轟然抽去聲音無限遠拓蕩開。靜謐太空中，風吹竹葉如鼓風箱自極際彼端噴出霧，凝為沙，捲成浪，乾而細而涼，遠遠遠遠來到眼前拂蓋之後嘩刷褪盡。裸寒真空，突然噪起一天的鳥叫，乳香瀰漫，鳥

---

18 大麻為大麻科大麻屬的植物，有麻醉興奮功能，在醫學上可用來做為止痛劑。吸食大麻有迷幻效果，可對人造成精神上和生理上的影響。在許多國家，吸食大麻都是違法的，但也有部分國家開放藥用。

19 魑音ㄔ。傳說中一種由山林異氣所生的害人怪物。此當作形容詞用，意指山鬼一般的。

聲如珠雨落下，覆滿全身。我們跟大自然在做愛，米亞悲哀嘆息。

　　她絕不想就此著落下來。她愛小凱，早在這一年六月之前她已注目小凱。六月MEN'S NON NO創刊，臺北與東京的少女同步於創刊號封面上發現了她們的王子，阿部寬[20]，以後不間斷蒐集了二十一期男人儂儂連續都是阿部寬當封面模特兒。小凱同樣有阿部寬毫無脂粉氣的濃挺劍眉，流著運動汗水無邪臉龐，和專門為了談戀愛而生的深遠明眸。小凱只是沒有像阿部寬那樣有男人儂儂或集英社來做大他，米亞抱不平想。

　　因此米亞和小凱建立了一種戰友式情感，他們向來是服裝雜誌廣告上的最佳拍檔。小凱穿上倫敦男孩的一些heavy一些叛逆，她搭合成皮多拉鍊夾克，高腰短窄裙，拉鍊剖過腹中央，兩邊雞眼四合釦一列到底，用金屬鍊穿鞋帶般交叉繫綁直上肋間，鐵騎錚響，宇宙發飆。小凱長得太俊只愛他自己，把米亞當成是他親愛的水仙花[21]兄弟。

　　米亞也愛楊格。鳥聲歌過，他們已小寐了一刻，被沉重露水濕醒，紛紛爬起來跑回車上。楊格拉著

20　阿部寬（1964－）出生於橫濱，畢業於中央大學工程學部，為日本知名男演員、配音員及模特兒。

21　納西瑟斯（古希臘語：Νάρκισσος，字面意思為「水仙」）是希臘神話中一個俊美而自負的少年。根據神話，納西瑟斯是河神與水神之子，長大後成為全希臘最俊美的男子。一次納西瑟斯打獵歸來時，在池水中看見了自己俊美的臉。他於是愛上了自己的倒影，無法從池塘邊離開，終於憔悴而死。後來在納西瑟斯死去的地方生出了一株水仙花。

她穿繞朽竹尖枝,溫熱多肉的手掌告訴她意思。但米亞還不想就定在誰身上,雖然她實在很愛看楊格終年那條李維牛仔褲,卡其色棉襯衫一輩子拖在外面,兩手抄進褲口袋裡百般聊賴快要變成廢人。她著迷於牛仔褲的舊藍和洗白了的卡其色所造成的拓落氛圍,為之可以衝動下嫁。但米亞從來不回應楊格投過來的眼神,不給他任何暗示和機會。他們最後鑽進車裡,駛上氣象觀測臺。

水氣和雲重得像河,車燈破開水道逆流奮行,來到山頂,等。歐拈出一紙符片,指甲大小,分她一半含在舌尖上。化掉後她逐漸激亢顫笑不止,笑出淚變成哭也止不住,歐把車箱裡一件軍用大衣取出,連頭連身當她粽子一包,塞在袁氏兄弟臂下穩固。她愛歐[22]敞開車門,音響轉到最大,水霧中隨比利珍曲子起舞,踩著麥可傑克森[23]的月球漫步。

終於,看哪,他們等到了,前方山谷浮升出一橫座海市蜃樓。雲氣是鏡幕,反照著深夜黎明前臺北盆地的不知何處,幽玄城堡,輪廓歷歷。

米亞漲滿眼淚,對城堡裡酣睡市人賭誓,她絕不要愛情,愛情太無聊只會使人沉淪,像阿舜跟老婆,

---

[22] 愛歐在此當是愛快羅密歐(Alfa Romeo)的簡寫,愛快羅密歐是一家以義大利米蘭為總部的汽車製造公司,創廠歷史最早可回溯至1907年。今日的愛快羅密歐車廠主要製造運動型跑車、房車或旅行車產品,以造型風格前衛、注重操控與性能而著稱於世。

[23] 麥可·傑克森(Michael Joseph Jackson,1958-2009),美國流行音樂歌手,在世界各地極具影響力,被譽為流行音樂之王。

又牽扯，又小氣。世界絢爛她還來不及看，她立志奔赴前程不擇手段。物質女郎，為什麼不呢，拜物，拜金，青春綺貌，她好崇拜自己姣好的身體。

下山洗溫泉，車燈衝射裡一路明霧飛花天就亮了。熬整夜不能見陽光，戴上墨鏡，一律復古式小圓鏡片，他們自稱是吸血鬼，群鬼泡過澡躺在大石上睡覺。硫磺煙從溪谷底滾升上來，墨鏡裡太陽是一塊金屬餅。米亞把錄音帶帶子拉出，迎風咻咻咻向太陽蛇飛去，她牢牢盯住帶子，褐色帶子便成了一道箭軌帶她穿過沌黃穹蒼直射達金屬餅上。她感覺一人站在那裡，俯瞰眾生，莽乾坤，鼎鼎百年景。

八六年到八七年秋天，米亞和她的男朋友們耽溺玩這種遊戲，不知老之將至。十月皮爾卡登來臺灣巡察他在此地的代理產品，那個月阿部寬穿著玫瑰紅開絲米尖領毛衣湖藍領帶出現於男人儂儂封面上，且躍登銀幕與南野陽子演出時髦小姐走過去了。卻不知何故令她惆然若有所失。

夕日之間，她發覺不再愛阿部寬，她的蒐集至次年二月終止，茫茫雪地阿部寬白帽白衣摟抱著白色秋田犬光燦笑出健康白齒的第二十一期封面，多麼幼稚。那是只有去沒有回單向流通的不平等待遇，就算她愛死阿部寬，阿部寬仍然是眾人的不會分她一點笑容。她奇怪居然被騙，阿部寬其實是一個自信自戀的傢伙永遠眼中無他人。女人自戀猶可愛，男人自戀無骨氣。

米亞便不想玩了，沒有她召集，男朋友們果然也
雲消霧散，各闖各，至今好多成為同性戀，都與她形
同姊妹淘的感情往來。

　　分水嶺從那時候開始。恐懼AIDS²⁴造成服裝設
計上女性化和紳士感，中性服消失。米亞告別她從國
中以來歷經大衛鮑依，喬治男孩和王子時期雌雄同體
的打扮。

　　那年頭，脫掉制服她穿軍裝式，卡其，米色系，
徽章，出入西門町，迷倒許多女學生。十五歲她率先
穿起兩肩破大洞的乞丐裝，媽媽已沒有力氣反對她。
僅管當年不知，她始終都比同輩先走在山本耀司三宅
一生他們的潮流裡。即使八四年金子功另創一股田園
風，鄉村小碎花與層層荷葉邊，米亞讓她的女友寶貝
穿，她搭礦灰騎師夾克，樹皮色七分農夫褲底下空腳
布鞋，雙雙上麥當勞吃情人餐。寶貝腕上戴著刻有她
名字的鍍金牌子，星月耳環，一隻在寶貝右耳，一隻
在她左耳。三一冰淇淋那一年出現，三十一種不同口
味色彩繽紛結實如球的冰淇淋，寶貝過山羊座生日，
兩人互相請，冰天凍地，敞亮如花房暖室，她們編織
未來合夥開店的美夢。

　　這半生她最對不起寶貝。首次她以斜紋牛仔布胸
罩代替襯衫穿在短外套裡，及臀棉窄裙，身段畢露準
備給玩伴們吃一大驚時，寶貝極不高興，反應過度貶

24　愛滋病（AIDS）又稱「後天免疫缺乏症候群」，是由愛滋病毒引發的疾病。這種病
　　毒會使人類失去抵抗病原體的能力，甚至喪失生命。

她一通。寶貝變得好像媽媽，越反對她越異議。帶頭把玩伴很快捲入瑪丹娜[25]旋風，決賽時各方媒體來拍。往後她看到有一支MTV，把她們如假包換的一群瑪丹娜跟街上吳淑珍[26]代夫出征競選立法委員的宣傳車，跟柯拉蓉[27]和平革命飛揚如旗海的黃絲帶，交錯剪接在一起。熱火火圈子又結識另外一批人她的男朋友們，寶貝越漂越遠，偶一回眼，她會看到漣漪淡去的遠處寶貝用寂寞的眼睛譴責她。

二十歲她不想再玩，女王蜂一般酷，賺錢。羅密歐吉格利崛起，心儀龐貝古城壁畫的義大利設計師，採緊身裹纏線條發揮復古情懷。米亞將捲髮中分攏後盤起，裸出鼻額，肩頭，和鵝弧頸項，宛如山林女神復生。她遇見老段。

寶貝約她出來長談。因為聽說她跟人同居，竟然想勸服她離開那個已婚男人。她傲慢拒絕，把忠言全部當成是寶貝自己私心。寶貝對她如死諫，她冷冷像看一個心機已暴現無遺卻渾然不覺的拙劣角色在搬演，充塞著寶貝一貫的香水氣味，AMOUR

25　瑪丹娜（Madonna Louise Veronica Ciccone，1958－），是一位美國作詞歌手、女演員和企業家。她在全世界一共賣出了三億張唱片，被金氏世界紀錄大全認為是全世界任何時候擁有最佳銷量的女歌手。

26　吳淑珍（1952－），臺灣臺南市麻豆區人，前中華民國立法委員。她是中華民國第十、十一任總統陳水扁的妻子。1986年其夫陳水扁因蓬萊島雜誌案入獄，吳淑珍代夫出征，參選中華民國立法委員。

27　柯拉蓉（Maria Corazon Cory Cojuangco Aquino，1933-2009），華文媒體通常簡稱她為艾奎諾夫人。菲律賓第十一任總統，亦是菲律賓及亞洲首位女總統，於1986年至1992年在位。

AMOUR，愛情愛情。好陳腐的氣味，隨時令她記起這天下午呆滯出汗的窗樹，木棉花像橘紅塑膠碗蹲滿樹枝。寶貝傷痛哭起來，她悶怒離去。

不久她接到寶貝的結婚喜帖，地址是寶貝的字，帖裡除印刷體外隻字無。喜帖極普通不過，肥香衝鼻臭，陌生名字的新郎，廉價無質感名字的新郎父母親，寶貝用這種方式懲罰她。她很生氣有人會如此作賤自己，不去參加寶貝婚禮。

音訊斷絕。隔年法國大革命兩百週年，聞知寶貝到榮總生產，她在永琦買好了紅白藍國旗色包裝的革命糖打算探望寶貝，許多事情打岔便岔過去了，直到傳聞寶貝離婚，開一家花店，女兒才三歲。

九二年冬裝，帝政遺風仍興。上披披風斗篷，下配緊身褲或長襪，或搭長及膝上的靴子。臺灣沒有穿長靴的氣候，但可以修正腿與身體比例，鶴勢螂形。織上金線，格子，豹點圖案的長襪成爲冬季主題。她帶著三年前買的革命糖去寶貝花店，三年後革命糖已不再上市，因此升值爲古董絕版品，稀珍之物。

花店，原來也賣吃。寶貝坐在紫藤圓桶凳上的背影，婦人身材穩實像一尊磐石。她躡足進去從後面一把蒙住寶貝眼睛，this is rape，這是搶劫。她很早以前從色情錄影帶上看到的用來嚇寶貝，日後變成她們之間親密的招呼。寶貝閃脫開，半身藏在花櫃側，喜怒參半，嘴上就一直怪責不先通知害她這樣沒有打扮醜死了。這一刻米亞但願自己顯得老黯些，絕非歲月

不驚的重逢。那麼是不是她在店裡等，讓寶貝回家梳頭換衣服，還是下次再來。寶貝選擇約期再見，她們便也不及任何敘舊，如往日，向寶貝飛了吻道別。

花店現在是她們女伴常常會聚的地盤，地段貴，巷內都是小門面精品店。米亞嗅見一家一家店，有些是顏色帶來的，有些是布置和空間感，她穿過巷子像走經一遍世界古文明國。繁複香味的花店有若拜占庭刺繡，不時湧散一股茶咖啡香，喚醒遠古的手藝時代。喬伊管花店吃食，都是自家烘製的水果蛋糕，起司派，麥片餅乾，花瓣布丁。

米亞正好有一筆進項，拿給寶貝投資店。寶貝占三分之一股，另外兩個合夥人一是前夫，一是做陶朋友，他們都說不認識米亞婉謝了她。被排拒，倒是高興。在兩人盈虧的感情天平上，她這端似乎補上了一丁點重量。

復古走到今年春天，愈趨淫晦。東方式的淫，反穿繡襖的淫，米亞已行之經年領先米蘭和巴黎。她駐足於花店對面拉克華，窗景只有一件摩洛哥式長外衣，象牙色粗面生絲布與同色裝潢跟燈光溶成漠漠沙地，稀絕的顏色，大馬士革紅織錦嵌滿紫金線浮花，從折起的一角衣擺露出，寬敞袖筒中窺見。米亞聞見神祕麝香[28]。

印度的麝香黃。紫綢掀開是麝黃裡，藏青布吹起

---

[28] 麝，音ㄕㄜˋ。麝香，一種香料，有開竅醒神的功效。來源為脊索動物門哺乳綱麝科動物成熟雄體的腺體。

一截桃紅衫，翡翠緞翻出石榴紅。印度搏[29]其神祕之
淫，中國獲其節制之淫，日本使一切定形下來得風格
化之淫。

　　一面富麗堂皇復古，一面懺悔回歸大自然。八九
年秋冬拉克華推出豹紋帽，莫斯奇諾用豹紋滾邊，法
瑞綜合數種動物花紋外套，老虎、斑馬、長頸鹿、蛇
皮。令人緬懷兩百年前古英帝國，從殖民地進口的動
物裝飾品像野火燒遍歐洲大陸。

　　當然都是假皮紋。生態保護主義盛興下，披掛真
品不僅干犯眾怒，也很落伍。不要做流行的奴隸，做
你自己，莫斯奇諾名言。那是騙人的，米亞幾乎可以
看見莫斯奇諾在他的米蘭工作室內對她頑點眨眼說。

　　人造毛皮成為九〇年冬裝新寵，幾可亂真，又不
違反保護動物戒令。但是何苦亂真呢？豈非蠢氣。不
如贋品[30]自我解嘲，倒更符合現代精神，一點機智一
點cute。布希夫人頸上一組三串售價僅一百五十美元
的人造珠，尚且於八九年冬末掀起配戴真珠項鍊熱
潮。米亞的九一年反皮草秀，染紅染綠假皮毛及其變
奏，俏達又蜚興[31]。

　　環保意識自九〇年春始，海濱淺色調，沙漠柔淡
感。無彩色系和明灰色調，不同於八〇年代中性色
的，蛋殼白，珍珠灰，牡蠣黑，象牙黃，貝殼青。自

---

29 搏，音ㄊㄨㄢˊ。捏聚搓揉成團。

30 贋品：贋音｜ㄢˋ。贋品指假貨，偽造的物品。

31 蜚興：蜚音ㄈㄟ。在空中騰行。通「飛」。蜚興指興致飛揚。

然即美，米亞丟掉清楚分明的眼線液和眼線筆，眼影已非化妝重點。凸顯特色，而不修飾臉型，顴骨高低何妨，腮紅遁走。杏仁色，奶茶色，光暗比例消失，疆界泯滅，清而透。粉底，梨子色的九〇年代更移了八〇年代橄欖膚色。

老段使米亞沉靜，她日漸已脫離誇張的女王蜂時期。合乎環保自然邏輯，微垂胸部和若即若離腰部線條，據稱才是真正的性感。

再度單身，寶貝每個星期六去前夫家接女兒出來共度週末。花店晚上八點半打烊，留一盞銅燭臺點著靛藍蠟燭。有時和米亞一起吃消夜，有時到米亞家喝她新配方的藥草茶，把老段丟在一角聽音樂，她們講不完的悄悄話而老段著實插不進。寶貝女兒天蠍座，尾後帶鉤的，難纏。她們三人出遊時，寶貝開車，她抱小天蠍坐旁邊，或在後座玩，寶貝從後照鏡看著她跟女兒。米亞預見，寶貝終將選擇了這樣的生活方式度過罷。

克麗絲汀自詡是睡衣派女人，一批堅拒穿任何制服的頑固分子，例如女強人的三件頭套裝。憎惡頸部受到領子任何一點壓力，她們穿法國式的最愛，直筒長T恤連衣裙。無領、V字領、船型領、細肩帶針織棉衫，鑲一圈米碎花邊。

婉玉便是可憐的行動派女人，擅於實現別人夢想，老公情人兒子的，為了自我犧牲亦或為了不讓他人失望，忙碌不已。她們甚同情婉玉，行動派女人，

留給自己一些空白吧！大哭一場也好，瘋狂購物也好，或只是坐著發呆，都好。

米亞卻恐怕是個巫女，她養滿屋子乾燥花草，像藥坊，老段往往錯覺他跟一位中世紀僧侶在一起。她的浴室遍植君子蘭、非洲堇、觀賞鳳梨、孔雀椰子，各類叫不出名字的綠蕨，以及毒豔奪目的百十種浴鹽、浴油、香皂、沐浴精，彷若魔液煉製室。所有起因不過是米亞偶然很渴望把荷蘭玫瑰的嬌粉紅和香味永恆留住，不讓盛開，她就從瓶裡取出，紮成一束倒懸在窗楣通風處，為那日日褪暗的顏色感到無奈。當時她才鬧翻搬離大姊家，逃開大姊職業婦女雙薪家庭生活和媽媽的監束，脫網金魚，馬上面臨大海覓食的脅迫感，抓狂賺錢。碰到有些場合拮据玩不起時，她會擺出玩夠了不想再玩看破紅塵的酷模樣，超然說她要回家睡覺了。的確她也努力經營自己的小窩，便在這段日子與那束風乾玫瑰建立起患難情結。

她目睹花香日漸枯淡，色澤深深黯去，最後它們已轉變為另外一種事物。宿命，但還是有機會，引起她的好奇心，再掛上一叢滿天星做觀察，然後一捧矢車菊、錦葵、貓薄荷，這樣啓始了各類屬實驗。

老段初次上來她家坐時，桌子尚無，茶咖啡皆無，惟有五個出色的大墊子扔在房間地上，幾綑草花錯落吊窗邊，一陶缽黃玫瑰乾瓣，一籐盤皺乾檸檬皮柳丁皮小金橘皮。他們席地而坐，兩杯百分之百橙汁，老段一手拿著洗淨的味全酸酪盒杯當煙灰缸，抽

煙講話。問她墊子是否分在三處不同的地方買到，米
亞驚訝說是。那兩個蠟染的是一處，那兩個鬱金香圖
案進口印花布的是一處，這個繡著大象鑲釘小圓鏡片
的是印度貨，還有這兩隻馬克杯頗後現代。米亞真高
興她費心選回的家當都被辨識出來，心想要買一個好
的煙灰缸放在家裡。次日她也很高興，她的屋子是如
此吃喝坐臥界限模糊，所以就那麼順水推舟的把他們
推入纏綿。

　　老段而且把蘇聯紅星錶忘在她家，隔日來取錶，
仍然忘，又來，又忘。男女三日夜，廢耕廢織，米亞
差點把一場先施的亞曼尼秋裝展示耽誤掉。不是辦
法，都說分手得好，紅星錶送給她做紀念，他也得恢
復工作。

　　米亞屋裡溢滿百香果又酸又甜的蜜味，像金紅色
火山岩漿溢出窗縫、門縫，從陽臺電梯流瀉直下灌滿
寓樓。為了等老段說不定打電話仍來，她整天吃掉一
簍百香果，用匙子挖，一杓一杓放進嘴裡，至晚上酸
液快把鋼匙和她的手指牙齒潰蝕了，才停止，蒙頭倒
睡。大大小小的百香果空殼弄乾淨鋪在陽臺上風曬，
又叫羅漢果，鴉鴉似一臺羅漢頭，米亞非常懊喪。早
晨她提了背包離家，決心不理拍廣告的通告，因此失
業也算了。她只是不要傻瓜一樣等電話，變成一米軟
蟲齕咀苦果。

　　她買了票隨便登上一列火車，隨便去哪裡。出總
站，鐵道兩邊街容之醜舊令她駭然，她從未經過這個

角度來看臺北市。越往南走，陌生直如異國，樹景皆非她慣見。票是臺中，下車，逛到黃昏跳上一部公路局，滿廂乘客鑽進來她一名外星人。車往一個叫太平鄉的方向，越走天越暗，颳來奇香，好荒涼的異國。她跑下車過馬路找到站牌等回程車，已等不及要回去那個聲色犬馬的家城。離城獨處，她會失根而萎。當她在國光號裡一覺醒來望見雪亮花房般大窗景的新光百貨，連著塞滿騎樓底下的服飾攤，轉出中山北路，樟樹械樹陰隙裡各種明度燈色的商店，上橋，空中大霓虹牆，米亞如魚得水又活回來了。

去找袁氏兄弟，袁爸爸開一家鋼琴吧，設在大樓地下室，規定不准立招牌，他們便僱一輛小卡車布置為招牌每晚停到樓前面。釘滿霓管的看板，銀紅底奔放射出三團流金字，謎中謎。大袁衰運服兵役去，小袁見她來，興奮教她一種玩法，將接進大樓的霓管電源切掉插上自備電瓶，叫她上車，兜風。駕著火樹銀花風馳過高架路，繞經東門府前大道中正紀念堂回來。米亞得意給小袁看她腕上的紅星錶，剝下借小袁戴幾天。

這才是她的鄉土。臺北米蘭巴黎倫敦東京紐約結成的城市邦聯，她生活之中，習其禮俗，游其藝技，潤其風華，成其大器。

面臨女性化，三宅一生改變他向來的立體剪裁，轉移在布料發揮。用壓紋來處理雪紡和絲，使料子顯出與原質完全相反的硬感，柔中現剛，帶著視覺冒險

意味。鰭紋，貝殼紋，颱風草紋，棕櫚葉直紋，以壓紋後自然產生的立體效果來取代立體剪裁，再以交叉縫接，未來感十足，仍是他的任性和奇拔。

漢城奧運全球轉播時，聖羅蘭和維瑟斯皆不諱言，花蝴蝶葛瑞菲絲的中空、蕾絲緊身褲，可讓手腳大幅度擺作方便運動的剪裁法，已出現在他們外出服宴會服的設計中。

米亞年幼期看過電視上查理王子黛安娜王妃的世紀婚禮，黛妃髮人人效剪。這次童話故事沒有完，繼續說，可哀啊。

老段就又來看米亞，米亞快樂衝前去抱住他脖子，使他措手不及跟蹌趺笑。敞著房門電梯通道上，米亞像小猴子牢牢攀吊在母猴身上再不下來的，老段只好趕快拖抱回房，對她的熱情有些窘迫不會應付。米亞很愛使力抱起他看能不能把他抱離地面一吋，不然雙足踩在他腳背上，兩人環抱著繞屋裡走一圈。都使老段甚感羞拙，是情人，稚齡也夠做他女兒。

等她出嫁的時候，老段說，他的金卡給她任意簽，傾家蕩產簽光。米亞靜靜聽，沒有說什麼。隔天老段急忙修正，不應該說嫁不嫁人的話，此念萌生，災況發生時，就會變成致命的弱點阿奇里斯腳踝[32]，因為米亞是他的。隔不久老段又修正，他的年齡他會

---

32 阿奇里斯（Achilles）是希臘神話中百戰百勝的英雄。阿奇里斯出生後，他的仙女母親為了讓他刀槍不入，便用雙手抓住他的後腳跟，將其全身泡在冥河之水中，但也因此沒有泡到冥河水中的後腳跟就成了阿奇里斯惟一的致命弱點，最後，這位英雄也因為跟腱中箭而戰死沙場。

比較早死，後半生她怎麼辦，所以，聽天由命罷。米亞低眉垂目慈顏聽，像老段是小兒般胡語。

正如秋裝註定以繼夏裝，熱情也會消退，溫澹似玉。米亞從乾燥花一路觀察追蹤，到製作藥草茶，沐浴配備，到壓花，手製紙，全部無非是發展她對嗅覺的依賴，和絕望的爲保留下花的鮮豔顏色。

老段他們公司伉儷檔去國家公園森林浴回來，撿給她一袋松果松針杉瓣。她用兩茶匙肉桂粉，半匙丁香，桂花，兩滴薰衣草油，松油，檸檬油，松果絨翼裡加塗一層松油，與油加利葉扁柏玫瑰花葉天竺葵葉混拌後，綴上曬乾的辣紅朝天椒，荊果，日日紅，鋪置於原木色槽盆裡，聖誕節慶風味的香缽，放在老段工作室。

最近我們重新用洗石子做轉角細部處理，過去都是洗寒水石，現在希望洗三分的宜蘭石，讓老一輩的技術能夠有一個新視野，也是解決磁磚工短缺的辦法。DINK族[33]與單身貴族的住宅案，老段想幫米亞訂一間。但米亞喜歡自己這間頂樓有鐵皮蓬陽臺的屋子，她可以曬花曬草葉水果皮。罩著藍染素衣靠牆欄觀測天象，曠風吹開翻起朱紅布裡。

她比老段大兒子大兩歲。二兒子維維她見過，像母親。城市天際線上堆出的雲堡告訴她，她會看到維維的孩子成家立業生出下一代，而老段也許看不到。

---

[33] 頂客族（DINK）是一個1950年代起源於歐美的生活型態名詞，由英文DINK音譯而來。DINK是Double Income No Kids的簡寫，也就是「雙薪水、無子女」的家庭。

因此她必須獨立於感情之外，從現在就要開始練習。

　　將廢紙撕碎泡在水裡，待膠質分離後，紙片投入果汁機，漿糊和水一起打成糊狀，平攤濾網上壓乾，放到白棉布間，外面加報紙木板用桿麵棒桿淨，重物壓置數小時，取出濾網，拿熨斗隔著棉布低溫整燙一遍。一星期前米亞製出了她的第一張紙箋，即可書寫，不欲墨水滲透，塗層明礬水。這星期她把紫紅玫瑰花瓣一起加入果汁機打，製出第二張紙。

　　雲堡拆散，露出埃及藍湖泊。蘿絲瑪麗[34]，迷迭香。

　　年老色衰，米亞有好手藝足以養活。湖泊幽邃無底洞之藍告訴她，有一天男人用理論與制度建立起的世界會倒塌，她將以嗅覺和顏色的記憶存活，從這裡並予之重建。

　　　　　　一九九〇年五月八日、九日《中國時報》

《世紀末的華麗》──愛戀的幻象與真實

　　米亞這一枚「貴重乳香」，為我們演示了臺灣後現代生活裡的種種愛戀與耽溺。讓讀者在一定的審美距離之外，能鑑照並反思後現代社會的物化與虛妄。

　　小說裡演示的第一種愛戀是──影像耽溺：米亞的生活是

---

34 蘿絲瑪麗（rosemary）是迷迭香的英文名稱，是一種多年生常綠小灌木。原產於地中海地區，莖、葉和花都可提取芳香油。

新世代的理想典範，具有「嚴重的美麗」、新貴族般的優渥財力與時尚品味、多元性取向的情愛自主、跨國界的豐盈物質……，她奉行的是消費社會的「娛樂道德」。青春美貌而歡愉，這是生活雜誌、影視新聞無時無刻投影在廣告上的，比日常生活真實更為逼真的「某物」；一個萬人迷；一朵後現代影像凝結而成的虛妄之花。影視廣告不斷地洗腦、驅策我們去對這樣的形象產生慾望和渴求。而這朵虛妄之花，卻是沒有本尊的超真實，是一個理想的幻象。

小說在邐迤綿延、毫無節制地浮繪模特兒的生活之際，時而會在華麗敘事的縫隙中，掀起超真實幻象的一角，讓人瞥見粗礪的真實。模特兒嚴重的美麗可以永遠光鮮亮麗嗎？那只能暫存於時裝表演、影像雜誌的檔案紀錄中，而青春綺貌與影像紀錄總會灰飛煙滅，所以米亞潛心鑽研製作香水紙的技藝，以便「年老色衰，米亞有好手藝足以養活」。

第二種愛戀是——情愛耽溺：新世代講究愛情與性的絕對自主權，揚棄傳統一對一的異性戀家庭價值觀，轉向於多元而清淺的情愛追逐。同時期的臺灣小說，如蘇偉貞的《沈默之島》、陳豐偉的《好男好女》、酷兒（queer）小說[35]等，對之也多所著墨。米亞擁有「女王蜂」般致命的吸引力，在三個

---

35 所謂「酷兒」包括女男同性戀者、女男雙性戀者、女男變裝慾者、女男變性者以及肯定同性慾望流動之可能的女男異性戀者。酷兒運動起始於90年代的美國與加拿大，刻意回收往昔主流社會給予他們的汙名queer（原有「怪異」或「怪胎」之意），發展出「酷兒」的正面意義，以便更激進地挑戰異性戀霸權的同性戀禁忌與性別分類暴力。酷兒理論與評論探討「差異」，將各種身分認同問題化，以穿越女／男、同性戀／異性戀者，以及種族的疆界，使愛慾和性別問題更加複雜化、曖昧化。臺灣酷兒小說名作有紀大偉《感官世界》（1995）、《膜》（1996）、朱天文《荒人手記》（1994）和邱妙津《鱷魚手記》（1997）等。

「男朋友們」之間從容悠遊，老段、小凱、楊格以及蕾絲邊[36]寶貝、偶像阿部寬等等。新世代的價值觀佻達又隨性，「她絕不要愛情，愛情太無聊只會使人沉淪。……世界絢爛她還來不及看，她立志奔赴前程不擇手段」，她偏愛的愛情遊戲是中年已婚男子的「浪漫灰」。傳統執子之手與子偕老的「良人的味道」，已成淹遠淡漠的回憶。

米亞對男女朋友們的觀感，就如她對時尚的觀感，依賴的是場景鏡像，及其伴隨的場面氣息，所謂依賴嗅覺和顏色的記憶而活著的人，趨近於「戀物癖」。「刮鬍水和菸的氣味」、「深邃明眸」、「李維牛仔褲」……，這些鏡像混淆、阻斷了她對他人的真實的愛戀。影像與氣味升騰而起，而愛情與性逃逸無蹤。所以小凱終究變成米亞的自戀的「水仙花兄弟」，而米亞與老段「他們過分耽美……被異象震懾得心神俱裂，往往竟無法做情人們該做的愛情事」。米亞已經習慣於擬像的、「物」的思考，而不是「人」的思考。在米亞的身上，具現了後現代影像對消費大眾的「極權性制約」。米亞實是後現代消費心理分析的一隻，花蝴蝶標本。《世紀末的華麗》確實在這些不引人注目的地方，掀起超真實的一角，偷渡它對後現代擬像的批判。但這些布局，容易被讀者、論者所忽略，因為全篇對這朵擬像之花、這隻蝴蝶標本，寫得太華麗搶眼了，遮蔽了它的諷喻和隱喻。

第三種愛戀是——「跨國界的城市邦聯」：「這才是她的鄉土。臺北米蘭巴黎倫敦東京紐約結成的城市邦聯」，米亞

---

36 女同性戀，常以蕾絲邊（Lesbian）相稱，是指女性間對性與愛的慾望。蕾絲邊可作為名詞，意指自認或被他人認定擁有女同性戀特質的女性；亦可作為形容詞，表與女同性慾望相關事物的特性。

如魚得水地存活在臺北這個「聲色犬馬的家城」，這裡通行無阻地流淌著世界各地的時新商品，敏銳地捕捉跨國際的時尚風訊。三宅一生、香奈爾、義大利設計師等等。臺灣七〇年代鄉土文學中悲情而溫暖的土地，比如黃春明的宜蘭、王禎和的花蓮，已經年代湮遠不復記憶。整篇小說繁華複麗的時尚細繪，嘈嘈切切地敲響了一個異想世界——「跨國界的城市邦聯」。這個邦聯豔光四射又無比真實，像是已經實現了的，一個物資豐盈、奢侈品滿溢的理想烏托邦，一個人間仙境。

但小說也在這幅玫瑰色的理想圖畫裡埋藏了這樣一枚黝暗的污點：米亞負氣坐巴士出走，卻瞥見了「國境內的異國」那陌生的醜怪與荒涼。這枚小小的污點，便戳破了整個邦聯神話，這個邦聯也是一個超真實的幻象，它以「可測之物」的充盈，讓人覺得人人平等，幸福隨手可得，以便讓人心安理得地去消費。但是，豐盈的物資並不遵守流體物理的原則，它不會自動地填滿社會的不平等與不平衡，它只是少數特權派的特有財富。像米亞這樣習而不察的消費者，會滿心歡喜地浸漬在豐盈奢侈的幻象國度裡，把它當作一個正在實現的烏托邦；但對於滿廂掙扎著求生存的巴士乘客而言，米亞那身時髦行當，就像外星生物的超現實配備一樣，是如此近在眼前卻又遙不可及。對絕大多數的這些被排斥於特權階級之外的廣漠群眾而言，消費社會的豐盈櫥窗裡，展示的只是有關幸福與平等的「神話」。

消費社會裡看似人人擁有自由、民主與平等，但真正被解放的卻只有購物的衝動，青少年、婦女、社會邊緣人……一如以往，仍然身陷種種桎梏之中。就如小說裡米亞所看到的剪輯MTV，瑪丹娜、模仿者、吳淑珍、科拉蓉……金玉與敗絮

在消費媒體之前，一律平等。這些日日充塞流淌、眩人耳目的影像，看起來一樣的超真實一樣的虛假也一樣的真，所謂的「政治新聞娛樂化」，久而久之，令耐性疲乏的消費大眾感覺過度饜足、膩味而無謂。

幻象得以流衍風行，除了商業行銷網路運行有術之外，加入些許「文化」要素的潤澤，是各式商品的必要橋段，可以虛矯地抬高商品的身價，使商品更有氣質，讓消費「大眾」覺得自己有獨特的「個人」品味。通俗的商品和珍貴的文化，互相開給對方「無罪證明」，互相給予對方合法性；「文化創造力」和消費技術組合之間再也沒有區別，在「先鋒創作」和「大眾文化」之間也沒有區別，這就是後現代社會中常見的「文化商品化」。殖民地的血腥暴力已隨風而逝，時裝影像獵取的只有當時的「時尚白色」，文化被消費影像削薄得只剩下尋奇獵豔的異國風味；飛天深湛的敦煌藝術暫時存而不論，時裝界只檢選它飄逸的姿態；印度的種姓制度[37]和赤貧無人掛心，時裝界突出的只是它輕薄性感的沙麗和地標式的頭巾；克林姆畫作的批判性在時裝上完全無以表現，削薄得只剩頹廢糜爛的裝飾風；鐵血苦澀的法國大革命，消融成入口即化的糖果……千奇百怪的商品加上細緻晶亮的文化碎片，就像博採眾長的雞尾酒，流麗光彩、五味雜陳，令消費大眾恍惚迷眩。

乾燥花草、浴鹽、服飾配件……這些精心收藏或是衝動買

---

37 種姓制度是曾在印度與其他南亞地區普遍存在的一種社會體系。是以職業為基礎的內婚制群體，即種姓。種姓制度為了政權需要經歷過許多調整，並且在英屬印度時期為符合殖民者需要，被固定、僵化，成為階級森嚴的階序體系。由於該體系中的不平等與近代西方興起的民主制度與人權思想大相逕庭，因此常被批評為反現代化的落後制度。1947年印度脫離殖民體系獨立後，種姓制度的法律地位正式被廢除，各種種姓分類與歧視被視為非法，然而在實際社會運作與生活上，仍扮演相當重要的角色。

下的各式玩意兒常見於米亞家居的角落。後現代消費社會鋪天蓋地地充塞著迷人、古怪、不一定有特定用途的玩意兒，它們之所以會被瘋狂地生產和消費，是因為消費大眾需要建立一種「自我的論述」。千萬種聚集堆積在一起的物品，充滿了精緻的細節與細微的差異，個人必須在符號之中進行主動的挑選與重構，才能重新創造出一個「有個性的自我」，才能在茫茫的物品之流中閃耀出自我的光芒，以便掌握或是超越這個世界。

但這其實也是一個消費體制捏塑出來的神話，因為每個人尋求「自我」的價值模式都是一樣的，在可選的、個性化的商品叢林中披荊斬棘，無止盡地選購、收藏、排列組合，希望能夠展現自身深刻的特異性，希望在其中能找到所謂的，靈魂。而物品終究只是「記號」，各式玩意兒充其量只是個人孤獨的印記。自我淹沒在消費狂潮之中，而靈魂早已逃亡。反穿的繡襖、貓薄荷、湖泊之藍……加總起來並不等於自我。這些玩意兒指涉的是一個「個性化的自我」，但這又是一個超真實的幻象。

第四種愛戀是——文學之美：小說以層層繁華複麗的文字，不厭其煩地戮力妝點自己的顏色與聲音，並雕琢、轉化眼前的浮華世界。所以字裡行間，流露著對自我深深的期許、對世界／物象繾綣的留戀、對文字模擬的深深情感。這是每個時代自我感覺良好的作者，所共有的努力與希冀，所謂「吟安一個字，捻斷數莖鬚」，杜甫是如此，莎士比亞是如此，朱天文也是如此。

從文本的認識論層面而言，小說以華麗的文字建構了繁複的「物」的知識體系，冷香、貴重乳香、神祕麝香……種種香

氣；浪漫灰、殖民地白色、巴洛克宮廷紫海……層層色澤；
麂皮、羅縈、雪紡、粗面生絲布……各式服裝材質；幽玄城
堡、卡帕契諾泡沫上的肉桂粉……各色流轉的影像；各類名稱
詭異的植物花草、毒豔奪目的百十種浴鹽……這些繁複的、
關於物的命名和知識，讀來雖然可以讓人多識於蟲魚鳥獸之
名，卻是屬於壯夫不為的「小道」。它根本已遠離傳統的文以
載道使命；其意也不像寫實主義以社會表象「反映」社會本
質；也不是現代主義式的、企圖追尋理性自主的主體，或是精
神的救贖與超越；而是後現代主義式的，只是堆砌建構繁複的
「物」的知識體系。這樣的描寫純粹是非理性的愛戀，也不在
乎角色是否具有主體性。

　　從文本的社會層面而言：《世紀末的華麗》提煉輕薄流衍
的各式擬像，莊嚴鄭重地將文字「昇華」成祭品般的聖物，就
像從灰燼中變現出鑽石，爾後將之獻祭給奢華浮浪的後現代臺
灣社會。論者認為：《世紀末的華麗》是作者的「戀物癖」
偏執，既耽溺於華麗的「物」、浮華的異象，也流露出作者
的「自戀狂」與「文字癖」。證諸於文本語言：「世紀末的華
麗」、「崇拜自己姣好的身體」、「大馬士革紅織錦嵌滿紫金
線浮花」……，這篇小說確實流露著深深的執念，卻也相對地
反映了當代社會橫流的物欲。

　　「湖泊幽邃湖底洞之藍告訴她，有一天男人用理論與制度
建立起來的世界會倒塌，她將以嗅覺和顏色的記憶存活，從這
裡並予之重建。」論者指出這是「對目前文化狀況有所不滿的
女性宣言」，但筆者認為這也未免太過虛矯可疑了。為什麼
「男人用理論與制度建立起來的世界會倒塌」？米亞依賴顏色
和嗅覺技藝製作香水紙箋的技藝，說到底，也需依賴跨國企業

的行銷網路以存活，而「重建」世界，如何可能？

　　但從文本的藝術層面而言，即使小說隨順於跨國資本主義不斷強力誘惑、驅迫購買的商業邏輯；即使它所打造的米亞，只是一個索求他者凝望的、將自我定位於尋求他者認同的、希冀「被慾望著」的客體、即使米亞將戀人們簡化爲「物」；即使小說中繁複的流行時尚知識、物的體系，仍不能使米亞成爲一個博學的、理性的主體；即使〈世紀末的華麗〉可能是玩物喪志、可能只是虛假地依賴物象「美化」而爲個人特性，也可能流露出些許的物狂病態；即使小說逃不過跨國文化商品的發表行銷邏輯……但是，小說中快樂自得的自戀、戀物癖、戀字癖，那深深密密的熱情與執念，將物象提煉成「美」，從物的聚焦轉化成爲美的昇華，而美是無涉於眞與善的，無涉於認知與理性的。它使人獲得純粹的審美的愉悅、閱讀的樂趣。而文學藝術的美，可以使人們的情感得到淨化、靈魂獲得洗禮。

　　如果沒有審美愉悅，爲什麼要閱讀。人，本有理性與非理性的不同層面，何必強求非理性的物品走上理性之路；小說描繪物的華麗，等於描繪人的非理性執著。作者何必強調米亞要以製作香水紙的手工技藝，「重建」理論與制度的世界；讀者又何必貶斥小說中眞情流露的戀癖。小說的字裡行間，對物、對文字有著深深的深情密意與愛戀，如同女媧從混沌的塵土中淘選出補天的五色石，如同鍊金術士將冷硬的石頭陶鑄成黃金；其中有著創作者的藝術虔誠，將物象、文字提煉成絕美而有詩意的聖物，對作品的實用功能無所關心，只是將這祭祀的聖物，獻祭給物欲橫流的當代。《世紀末的華麗》不一定具有批判性或時代意義，它也不一定必須經受理性的分析。它的

美就是意義，無關乎真實與超真實，理性或非理性。論者對消費社會的批判哲思與米亞的愉悅物慾，如霓與虹的對位，一樣的虛妄，也一樣地誘人凝視、深思。

延伸思考

1. 關於自我的愛戀，你最喜歡哪一種style的理想自我呢？怎麼樣的臉蛋髮型身材衣著風格呢？你可以擺脫影像廣告的制約，坦然接受會病會老會醜的自己嗎？

2. 關於愛戀他人，你最喜歡哪一種style的對象呢？你能不將他人簡化為「物」、簡化為鏡像、簡化為偏愛的部分、簡化為慾望的結晶點；而能尊重他人是一個獨特、完整而有生命的人嗎？

3. 關於物的愛戀，你最喜歡什麼樣的玩意兒呢？它能突顯你的個性、文化氣質或是居家品味嗎？

4. 關於文學藝術的愛戀，你最喜歡哪一篇美文？它在內容和形式上具有什麼樣特殊的美呢？

情慾篇

擺盪在情慾之間的天秤

王淳美

🎼 問題意識

在人生所要面對的諸多問題，包括課業、工作、人際關係以及如何安身立命等各種挑戰中，如何維持生計與滿足情慾以繁衍種族，乃是天賦人類甚至各類物種最大的使命。依照人類的發育過程，自青春期萌動春情開始，直到二十歲左右是男女情愫分泌最旺盛的時期，亦即是大學時代可謂戀愛的黃金時期。

當情愛的蓓蕾初開時，如何判別自己的性取向？如何以正向態度與思維談戀愛？在愛情的國度中，如何調和情與慾之間的天秤，使二者平衡？在愛情本身受挫或被外在環境、家庭阻礙時，該如何處理？如果不幸戀愛失敗，又該如何面對分手失戀的痛苦？

生活之中必須學習梳理各種人際關係，以及經營親情、友情、愛情等各種情感的內涵；尤其在情竇初開的青少年時期，自然會期盼愛情樂章的滋潤，然而該如何調和旺盛的情慾所帶來的衝擊與困擾，或如何抒發情慾受挫時的傷痛，恐怕是人人必須學習面對的一生課題。

🎼 文本背景

本文選自王溢嘉《性‧文明與荒謬》第五章〈柔情與肉慾〉，該書是作者在《漢》雜誌的專欄文章結集而成，連載期間的專欄名稱為《人性本色》，出版成書時，將書名

改爲《性‧文明與荒謬》。該書內文分爲十八章，探討的其實就是性的「文明面」與「荒謬面」。作者以爲在性的領域裡，「文明」與「荒謬」常是一體兩面，原來「上帝」與「野獸」是如此的相近。該書文章所談的主要是性的「心靈面」，而非「技術面」的問題；文中所點出的各項意旨，會使讀者對慾望的黑暗與文明的嚴酷產生一種迷惘與省思！

在《性‧文明與荒謬》該書封面右上角，標題爲「性，是上帝跟人類所開的最大玩笑」，封面的中間則標出一段文字，以提綱挈領該書意旨：「脫下華麗的囚衣，走上慾望的階梯，俯瞰祕園裡的禁花。啊，在性革命的純潔與虛榮中，走來一位不再沉睡的美人。上帝即野獸，柔情即肉慾，文明即荒謬，靈魂的無比迷惘。」上述論點其實套用的是尼采[1]語錄：「因意識到上帝與野獸竟如此相近，一個無與倫比的迷惘靈魂就此產生」！

在人類各項生理需求中，例如飢餓、口渴、寒冷等屬於較純粹的感官作用外，性需求是一種較複雜的混合型活動──由於性驅動力不僅是單純的生理反應，還兼含有內在心理情感的投射，以及道德禮教等文明的制約，因而使得性活動擺盪於「情／慾／禮」三者之間。在人類文明發展史上，當性的滿足暢行無阻時，通常也是該文明頹廢與崩潰的前兆。換言之，當

1　弗里德里希‧威廉‧尼采（德語：Friedrich Wilhelm Nietzsche，1844-1900），德國哲學家，其著作對於宗教、道德、現代文化、哲學、科學等領域提出廣泛的批判與討論。尼采所關注的問題是：現代人如何重新建立適合現在世界情況的新觀念？如何替現代人找到存在的意義？尼采的生命觀以「演化論」爲基礎，大膽宣稱「上帝已死」，並瓦解由上帝所建構出的世界觀及其價值體系。因此基督教界一直很討厭尼采，認爲他是很棘手的無神論思想家；然而尼采的反基督教思想，深深影響及於世界各地的無神論風潮。尼采的寫作風格獨特，經常使用格言，對於後代哲學的發展影響極大，尤其是對於存在主義與後現代主義。

人類精神文明在高度發展的同時，伴隨的或許是肉體上性的壓抑，誠如二十世紀性學大師佛洛伊德[2]所陳述的：「想使性本能和文明的要求妥協，根本是痴人說夢！」因而我們如何在現有社會法律制度之下，調和情與慾使之平衡而能身心獲得滿足，或起碼得到適度的紓解，則是每人必須修習的功課，也是人類「原始本能衝動」對抗「文明禮教」的成果。

王溢嘉（1950－），臺灣省臺中市人，臺灣大學醫學系畢業，現在專門從事寫作，並擔任《健康世界》雜誌總編輯、野鵝出版社社長。王溢嘉在大學時代就常寫文章投稿，曾在臺大「大學新聞社」擔任主筆，後歷任總編輯、總主筆、社長。臺大畢業後，僅從醫兩個月，便轉而投入文化事業，立志寫作文章以為社會職志。其出版著作約近三十部，包括散文、文化評論、科學論述等，也嘗試翻譯引介科學新知。

以醫學訓練所得的知識為基礎，王溢嘉將專業融入文學批評領域，因而開闢另一種寫作的新視角，嘗試將心理學、文學、精神分析、民俗學等領域分際打破，採取一種科際整合的方式從事文學批評與研究。其中在文壇引發關注者，乃其以醫生的專業知識跨界為文，擅長以精神心理分析的視角切入文本，探討生命意義，對於人生多所啟迪。尤其對中國古典小說採取心理分析、精神分析等研究方法，解讀其行為背後的心理

2　西格蒙德・佛洛伊德（Sigmund Freud，1856-1939），猶太人，奧地利精神病醫生及精神分析學家，精神分析學派的創始人，被稱為「維也納第一精神分析學派」。他認為被壓抑的慾望絕大部分是屬於性的，性的擾亂是精神病的根本原因。著有《性學三論》、《夢的解析》、《圖騰與禁忌》、《精神分析引論》等。提出「潛意識」、「伊底帕斯情結」（Oedipus complex）、「性衝動」（libido）、「心理防衛機轉」（defense mechanism）等重要概念。佛洛伊德被世人譽為「精神分析之父」，其理論誕生至今仍影響後世，卻也一直備受爭議與修正。

動機，令人耳目一新。

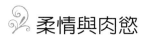 柔情與肉慾 　　　　　　　　　王溢嘉　著

性慾因愛而獲得了尊嚴。——馬庫色（H. Marcuse）[3]

「可愛女人」身上的「老鼠氣味」

　　勞倫斯（D. H. Lawrence）[4]在《性與可愛》[5]一書裡，曾提到他在一分德國報紙上看到的一則笑話：一個年輕男人和一個年輕女人在適合談情說愛的夜晚，於一家旅館的陽臺上邂逅，他們一起俯瞰著海水。年輕男子充滿詩意的談起星星和海洋之類的話題，女子說：「免了吧！我的房間號碼是卅二號。」

---

[3] 赫伯特‧馬庫色（Herbert Marcuse，1898-1979），德裔猶太人美籍哲學家和社會理論家，是德國「法蘭克福學派」的成員。1955年，馬庫色出版《愛慾與文明》（Eros and Civilization），綜合馬克思與佛洛依德的觀點，架構出一個非壓迫性社會的雛型，並提出「解放愛慾」的觀點。

[4] 大衛‧赫伯特‧勞倫斯（David Herbert Lawrence，1885-1930），二十世紀英國詩人、小說家、散文家。出生於英國伊斯特伍德（Eastwood）一個礦工家庭，當過屠戶會計、廠商雇員和小學教師，對現實抱持批判與否定的態度，曾在國外漂泊十多年。在其短暫的一生中，共寫過十部長篇小說。D.H.勞倫斯重視兩性關係，對西方文明的缺點進行反思。其名著《查泰萊夫人的情人》（Lady Chatterley's Lover）曾因描述大膽的性愛在英美兩國被查禁。《兒子與情人》（Sons and Lovers）、《虹》（The Rainbow）、《戀愛中的女人》（Women in Love）等小說，則巧妙結合社會批評與性心理探索，並猛烈批判資本主義工業文明。

[5] 該書是勞倫斯的散文合集，收錄他絕大多數的散文篇目，堪稱精品集。主要分為對文明的反思、討論文學與藝術、對兩性關係的分析和對自己的評述等部分。該散文集首次出版時，書名為《性與可愛》，再版時的書名則選用更能體現勞倫斯思想精髓的《在文明的束縛下》。

勞倫斯說，這句話「正中要點」。但他引用「德國報紙」，恐怕是爲了嘲笑喜歡探索「宇宙要點」和「生命眞相」的日耳曼[6]心靈。對寫過很多愛情小說的勞倫斯來說，生活就是生活，愛情就是愛情，紫羅蘭就是紫羅蘭，並沒有什麼「要點」。當然，勞倫斯也不會「不解風情」地認爲「愛情」裡面沒有「性」的成分，他強調「當性之火在女人體內撩起而閃過她的臉」時，是會使女人變得「更可愛」的。他看不起在與女人談情說愛時，感覺到女人的性慾就好像「嗅到一隻老鼠氣味」的男人。勞倫斯反對的是把「性」當作「愛」的「要點」。

　　不幸的是，日耳曼心靈喜歡把「性」當作「愛」的「要點」。意志哲學家叔本華（A. Schopenhauer）[7]說陷於熱戀中的男女都被騙了，他們表現出「滑稽或悲劇的景象」，乃是身心正被「種族的靈魂」所占領，而不復原來面目的緣故。所有的愛情，不管是外表如何神聖、靈妙，它的根柢「只存在於性本能中」，一個人在戀愛中的狂喜與悲痛，事實上只是「種族靈魂的嘆息」，愛情是以讓兩性結合而繁衍

6　日耳曼人（Germani或Germans）是一些語言、文化和習俗相近的民族的總稱，亦稱條頓諸民族（Teutonic Peoples），這些民族從西元前兩千年到約四世紀生活在歐洲北部和中部，即波羅的海沿岸和斯堪地納維亞（Skandinaviska）地區。日耳曼人屬於亞利安人種，語言屬印歐語系的日耳曼語族，然而日耳曼人不稱自己為日耳曼人。

7　亞瑟‧叔本華（Arthur Schopenhauer，1788-1860），德國著名悲觀主義哲學家。在年輕時就表現得極度厭世、厭惡與人親近，思想中有著無盡的悲觀。在人類所有天性裡，有一種持續不斷、永不滿足的原始生命力，叔本華稱之為「意志」（或可稱作「本能」），人的每一器官都是意志的產物，它們產生各種欲望。痛苦就是意志（欲望）不能通往目標（滿足）的結果，至於快樂與幸福，則是意志達到目標的結果。

後代的「種族意志」為原動力的。

精神分析大師佛洛伊德雖是個猶太人，但卻是在德國文化的氛圍中長大，他說：「柔情乃是肉慾的昇華」，原來限於生殖器上的性慾，在文明化的過程中（文明即壓抑），被改造成對整個人格的愛慾，「人們建立習俗的阻力，以便享受愛情」，「基督教文明的禁慾傾向，大大提高了愛情的精神價值」。

但這並非日耳曼心靈所獨有。事實上，人類自古以來即對「性」與「愛」間的糾葛爭論不休，本文無意浪費篇幅於這些爭論，反而是想先將這兩者分開來，看看它們混而不合的情形：

笛卡爾的「性」「愛」二元論

大家都知道笛卡爾（R. Descartes）[8]是提出「心物二元論」的偉大哲學家，但恐怕很少人知道，他在私生活方面，也是一個「性愛二元論」者，他幾乎將女人的肉體和精神完全分開來。他的學識受到當時歐洲很多名女人的欣賞，而將他延為上賓，譬如艾句容公爵夫人、伊麗莎白郡主、克麗斯汀皇后，都對他非常青睞，但這些雍容華貴的女人都只是笛卡爾的柏拉圖式[9]女友，他只和她們討論形上學、數學、山水花

---

[8] 勒內·笛卡爾（René Descartes，1596-1650），法國著名的哲學家、數學家、物理學家，因將幾何坐標體系公式化而被認為是「解析幾何之父」。世人通常視之為近代哲學的奠基人，是近代「惟物論」的開拓者。笛卡爾提出「普遍懷疑」的主張，其《沉思錄》最著名的論證，就是「我思故我在」（I think, therefore I am.）。笛卡爾的兩本最重要的書是1637年的《方法論》和1642年的《沉思錄》（*Meditations*）。

[9] 「柏拉圖式的愛情」（Platonic Love），指的是精神式的戀愛，雖然相愛，卻沒有肉

鳥。可能惟一和笛卡爾發生性關係的女人海倫·揚絲，則是一個地位卑賤的女傭，她曾爲他生了一個女兒佛蘭馨，但不幸在五歲時夭折。

「愛」通常被認爲是精神上的需求與滿足，而「性」則是肉體上的需求與滿足，笛卡爾將這兩種需求「二元化」，並在兩種不同類型的女人身上獲得滿足。

佛洛伊德說，母親原是小男孩「柔情」與「肉慾」的原始對象，但這是不被允許的，在心性發展過程中，它受到潛抑，就像舊約聖經所說的，男人必須離開父母，去與他的妻子共處，只有在別的女人身上，他才能將這種「柔情」與「肉慾」再度合一。但有些人都因受個人童年經驗或社會道德制約的支配，而將「性」與「愛」分隔開來，「當他愛上了誰，他對她沒有什麼性慾，而能引發他性慾的女子，他卻不愛」，「爲了不使他的肉慾玷辱他所愛的對象，他尋找他無須去愛的女人。」

勞倫斯所竭力攻擊的英國中上流社會，就具備這種將「性」與「愛」分開來的傾向。當時很多男人認爲他們所摯愛的妻子乃是美麗的安琪兒，當他們和「家中的天使」做愛時，經常無法有滿意的演出。但他們不見得會昇華他們的性慾，而是另外去找「淫蕩

體關係。它蘊涵兩項因素：理想式的愛情觀，以及純精神的而非肉體的愛情。「柏拉圖式的愛情」最早並非由柏拉圖所提出，而是後人認爲「柏拉圖式的愛情」很符合他的精神，因而以其名字命名之，代表「精神戀愛」。

的女人」，他們認爲在別處發洩性慾乃是對妻子的一種恩惠。

很多人認爲，女人較少有這種「性」與「愛」分離的現象，但也不盡然。精神分析的病例檔案裡就有不少這種個案，譬如史提（W. Stekel）就報告過一個女病人，她丈夫是個出身高尚、溫文儒雅的男士，她愛他，但在性方面卻對他冷淡。丈夫死後，她又愛上一個傑出的音樂家，但還是如出一轍。後來，她和一個萍水相逢、粗魯而充滿肉慾的男人上床反而得到肉體上無比的滿足。她對史提克說：「在一番狂野沉醉後是一種難以形容的厭惡」。史提克對此的看法是：「對很多女人來說，突然陷入一種獸性的愛中，乃是獲得性高潮的必要條件。」

羅密歐與唐吉訶德式的愛情

過分崇高的愛情，經常是「無性」甚至「反性」的，這就是古典意義裡的「浪漫愛」（romantic love），梁山伯與祝英臺[10]、羅密歐與茱麗葉[11]的愛

10　《梁山伯與祝英臺》是中國民間一個口頭傳說故事，古代東晉時，浙江上虞祝家有一女祝英臺，女扮男裝到杭州求學，途中遇到會稽來的同學梁山伯，兩人便相偕同行。同窗三年，感情深厚，然而憨厚的梁山伯始終不知祝英臺是女兒身。後來祝英臺中斷學業返鄉，梁山伯到上虞訪英臺時，才知英臺竟是女紅妝，便欲向祝家提親，不料英臺已許配給馬文才。之後梁山伯在鄞當縣令時，因過度鬱悶而去世。祝英臺出嫁時，經過梁山伯的墳墓，突然狂風大起，阻礙迎親隊伍前進，英臺下花轎到梁山伯的墓前祭拜，突然墳墓塌陷裂開，英臺投入墳中，其後墳中冒出一對彩蝶，雙雙飛去；因而此段傳說又稱為「化蝶姻緣」。

11　《羅密歐與茱麗葉》（*Romeo and Juliet*）的作者威廉‧莎士比亞（William Shakespeare，1564-1616）是歐洲文藝復興時期英國偉大的戲劇家、詩人。故事敘述在義大利的維諾那城，兩大家族蒙特鳩和凱普萊特非常有名望，卻有勢不兩立的世

情故事屬之[12]。典型的浪漫愛具有兩個普同結構，一是「性慾的不得消耗」，一是「死亡」。

　　當羅密歐的朋友馬奇提歐看到茱麗葉時，以品鑑的眼光打量著她：「細瞧著她的高額及紅唇／偷窺著她的玉腿、美足／及顫動的跨股／並暗忖著鄰角處的黑森林」[13]，在旁觀者的眼中，茱麗葉只是一個具有血肉之軀，令人聯想到「性」的美麗女子而已。但在充滿熾烈愛情之火的羅密歐眼中，茱麗葉是「噢！她真叫火炬燃得發亮／她似乎掛在夜的臉頰裡／像是衣索比亞人耳朵上的寶玉／甜得叫人發痴／美得叫人發楞」[14]，狂熱的愛是不能含有性的雜質的。

仇。在一次化妝舞會上，蒙特鳩家族的兒子羅密歐與其朋友們冒險潛入舞會，與凱普萊特家族的女兒茱麗葉相遇，兩人一見鍾情。他們在勞倫斯神父的見證下，私自在教堂舉行了婚禮，不幸由於羅密歐在一場械鬥中，為了替好友莫枯修報仇，殺死了兇手茱麗葉的表哥提拔特，因而被判驅逐出城。茱麗葉被父親指定嫁給派利斯伯爵，只好喝勞倫斯神父研發的假死藥水，最後在命運的陰錯陽差之下，羅密歐與茱麗葉雙雙殉情而死；兩大家族因此化解世仇。

[12] 《羅密歐與茱麗葉》第三幕第五景「閨房」的劇情中，羅密歐被驅逐出城的前一晚，從軟梯爬上茱麗葉的閨房，與之雲雨合歡完成夫妻之實。王溢嘉將該劇與《梁山伯與祝英臺》並舉，有可議之處：兩者相同的是殉情死亡，不同的是「梁祝」中的梁山伯因相思成疾死亡，「羅茱」中的茱麗葉反因擁有「靈肉合一的愛情」與祕密婚姻後，不願改嫁派利斯伯爵，因而寧可選擇詐死，為其愛情求得一線生機。

[13] 王溢嘉對於莎翁劇本有詮釋錯誤之處如下：1.莎士比亞並沒有這樣描寫茱麗葉 2.翻譯不佳 3.此處的引文是該劇第二幕第一景「凱普萊特家花園附近」的臺詞，描述的是羅密歐原本單戀著的美女羅瑟琳，與茱麗葉無關。原文如下：Act II, I Mercutio: "I conjure thee by Rosaline's bright eyes, / By her high forehead and her scarlet lip, / By her fine foot, straight leg and quivering thigh. / And the demesnes that there adjacent lie," 中文譯為：「莫枯修說：我這就做法──憑著羅瑟琳的媚眼，／憑她的高額頭和鮮紅雙唇，／憑她小巧的腳，挺直的小腿和扭動的大腿，／和兩腿間的私處」。

[14] 此處的引文是該劇第一幕第五景「大廳」，原文如下："O, she doth teach the torches to burn bright! / It seems she hangs upon the cheek of night. / Like a rich

　　如果我們贊同佛洛伊德的觀點，禁慾可提高愛情的精神價值，那麼我們就能理解爲什麼可歌可泣的浪漫愛故事總是以「性慾不得消耗」及「死亡」爲其基調，因爲性慾一經消耗，就會減少愛情的強度，只有「受阻」而「不得消耗」的性慾才能濃縮、提煉出清純而又熾烈的愛情，也因此，感人的愛情故事必然含有種種阻力與痛苦，而當事者卻都愈挫愈勇。但「時間」會使慾望減弱、激情消褪，爲了使熾烈的愛情永遠「懸擱」在它的顛峰狀態，肉體就必須「適時的死亡」，也因此，梁山伯與祝英臺、羅密歐與茱麗葉都必須藉「死亡」來見證他們高貴而不朽的愛情。

　　情感豐富的詩人，喜歡「問世間，情是何物，直叫人生死相許？」[15]如果說愛情是來自兩性結合以繁衍下一代的「性本能」或「種族意志」之召喚，那麼一對男女因愛情而殉死，及身而絕，豈不違反了自然的意旨？「性」與「愛」在根源上也許相關，但這種關係在人類文明化的過程中已經模糊化，愛逐漸獨立

---

jewel in an Ethiope's ear; / Beauty too rich for use, for earth too dear!" 本段乃羅密歐戴面罩潛入凱普萊特家舞會，注視著茱麗葉時說的臺詞。原譯文不佳，中文譯爲：「噢！她教火炬燃得明亮，/ 她看來像是掛在黑夜的頰上，/ 有如衣索比亞人戴的鮮亮寶石耳墜；/ 太漂亮燦爛以至於不宜佩戴，在塵世也顯得太過珍貴。」

15　元‧元好問〈摸魚兒〉：「太和五年乙丑歲赴試幷州，道逢捕雁者，云：今日獲一雁殺之矣，其脫網者悲鳴不能去，竟自投於地死。予因買得之，葬之汾水上，累石爲識，號曰雁邱，並作雁邱詞。」詞云：「問世間，情是何物，直教生死相許。天南地北雙飛客，老翅幾回寒暑。歡樂趣，離別苦，就中更有痴兒女。君應有語，渺萬里層雲，千山暮雪，隻影向誰去。　橫汾路，寂寞當年簫鼓，荒煙依舊平楚。招魂楚些何嗟及，山鬼暗啼風雨。天也妒，未信與，鶯兒燕子俱黃土。千秋萬古，爲留待騷人，狂歌痛飲，來訪雁邱處。」

而成一種新的感覺經驗。它最精緻的形式並非「柏拉圖式的愛情」（非性的），而是「唐吉訶德式的愛情」[16]（反性的），當事者所傾慕的是一個經過理想化的「高尚而完美的女人」，他甚至不必目睹這位「完美」的女性，而只需耳聞，就神往不已。對方的「完美」令自己「自慚形穢」，他惟有透過不斷的自我淨化、自我考驗與自我提昇，才敢於在自己心中對她悄悄說出那個「愛」字。

唐璜式愛情

另有一種「唐璜式愛情」[17]則和「唐吉訶德式愛情」相反，當事者和劍俠唐璜一樣，一看到美麗的女人就向她傾訴愛意，柔情蜜意像白鴿一般自嘴裡飛出，當女人陶醉在他的愛中時，他就立刻帶她上床，但很快又移情別戀。不斷地「愛和占有，征服和消耗」乃是「唐璜式愛情」的特徵。

「唐璜」是談情說愛的聖手，但不見得是床上

---

[16] 西班牙文學之父塞萬提斯（Miguel de Cervantes, 1547-1616），以嘲諷滑稽的情節刻畫《唐吉訶德》（*Don Quixote*），該書塑造的主角唐吉訶德是一個帶有濃厚喜感的悲劇性人物。「唐吉訶德」與「不切實際的悲劇英雄」一詞畫上了等號。所謂「唐吉訶德的愛情」，意指理想主義者的愛情，執著的有些頑固，註定是虛幻而不現實的精神式的追求。柏拉圖式的愛情意謂雙方互相愛慕且靈魂相通，但是唐吉訶德式的愛情，還有些單戀的色彩。

[17] 唐璜（Don Juan）原本是一個十五世紀的西班牙貴族，以英俊瀟灑及風流好色著名；該人物形象啟發後代許多作家的創作靈感，例如法國喜劇作家莫里哀（Molière, 1622-1673）寫過諷刺喜劇《唐璜》（1665），奧國音樂家莫札特創作過一部《唐喬凡尼》（1787）歌劇，英國詩人拜倫寫了一首〈唐璜〉（1821）的長詩等。唐璜一生周旋於無數貴族與婦女之間，在文藝作品中多被用作「情聖」的代名詞。所謂「唐璜式愛情」，意指沒有愛情的性。

運動的健將，相反的，有相當多比例是「中看不中用」，在床上「不濟事」的。他們因為無法從性行為中獲得滿足，為了排除自己對男性氣概的疑慮，所以一再地獵豔與做愛，想重新證明自己的能力，以減輕焦慮。精神醫學裡，用來稱呼這種病態的名詞就叫做「唐璜症候群」（Don Juan syndrome）[18]。據諾伊（P. Noy）的報告，在他所調查的二十六名非器性質的「性無能」患者中，有十五名就有這種「唐璜症候群」的行為，可謂其來有自。

「生命的醇酒」要如何調配

「性」是「肉」，「愛」是「靈」，人生最美妙的境界是「靈肉合一」，這點雖然婦孺皆知，但卻不容易達到。馬庫色（H. Marcuse）說：「愛使性獲得了尊嚴」，沒有愛的性，徒使人類像一隻野獸而已；但佛洛伊德也指出，不切實際的愛也會使性變成殘廢，人惟有將其愛的對象「適度的降格」，才能發揮「相當的性能力」。

瑞克（T. Reik）在《愛與慾》（*Of Love and Lust*）一書裡面有個妙喻，他說「愛」與「性」經常是一起出現，就好像我們總是將威士忌和蘇打調和著喝一樣，因為這樣喝起來比較「舒服」，但威士忌並不能變成蘇打，而蘇打也不能變成威士忌。讓我們

---

18 在精神醫學領域裡有所謂「唐璜症候群」：性焦慮。據諾伊（P. Noy）表示，性焦慮所表現出的性無能，其前兆就是「性慾亢進」。該症候群的「惡性循環」如下進程：1.性焦慮 2.性慾亢進 3.縱慾 4.體虛 5.性無能。

「酩酊」的威士忌像「愛」，而「清涼止渴」的蘇打則像「性」，但要怎麼調到恰到好處，恐怕牽涉了個人品味的問題。筆者以上的介紹指出有些人是將威士忌和蘇打分開喝的，有些是只喝威士忌不加蘇打的，有些是蘇打已經「沒氣」而猛喝威士忌的，這些方法都不太理想，但多少也可看出，「生命的醇酒」是很難「調配」的。

十九世紀的人認為，性交過度是有害的，但如果沒有涉入愛情，則對健康並無大礙。二十世紀的人認為，性交過度並不見得有害，但如果不涉入愛情，則可以延長享樂的時間。在現代社會裡，「性」與「愛」又有越來越形分離的傾向，這不禁使筆者想起佛洛伊德在晚年時對自己早期觀點的修正，他認為性慾的滿足及緊張狀態的解除，本身具有自毀的性質，「一切生命的目標乃是死亡」，我們的本能往往會將我們推返無生物的狀態中。於是他引進了古希臘人「愛慾」（Eros）的觀點[19]，認為「愛慾」能解救性與原慾，使其免於僵死的噩運。但佛洛伊德所說的「愛慾」並不等於「愛」（Love），他對「愛慾」的定義是「使生命體進入更大的統一體，從而延長生命並使之進入更高的發展階段」的一種努力。在愛慾的實現中，從對自身肉體的愛到對他人肉體的愛，進

---

[19] 在古希臘人看來，愛慾不僅是對性行為與性高潮的渴望；而是一種更廣泛的，對美與卓越事務的渴望。愛慾要求兩個人分享相同的情感，去相同的地方感受同樣的愉悅，在大腦裡複製相同的模式。

而對他人人格的愛，再到對美與知識的愛，不斷地上升，乃是對抗「死亡本能」的惟一法寶。

無性或反性的「愛」，會導致肉體的「死亡」；無愛或反愛的「性」同樣會導致精神的「死亡」。

認知情慾本質以悠遊於愛情

D. H. 勞倫斯被公認為二十世紀現代文學的偉大巨匠，在勞倫斯看來，性不僅不是一個骯髒的名詞，相反，性就是美，是一種閃光。其著作所有關於性、解放、反抗等議題，都直指勞倫斯所要擺脫的正是文明的束縛。

馬庫色的美學思想在美學史的發展中具有重要貢獻，其美學思想強調的是：人性解放需求與「新感性」（new sensibility）。新感性肯定人類的愛慾與對於環境的維護，反對壓抑性的競爭以及工業化的需求，並強調對於美、感官與遊戲的需要，重視經驗中的美學的（aesthetic）與愛慾的（erotic）因素。

叔本華一生深受強烈的性慾所苦，由於前半生受到性慾的驅動，卻又無法滿足，因而常歎息自己受制於動物性的感官慾求；只好沉溺在以解決性慾為目標的墮落生活，尋找發洩的對象都是下層階級女性，包括女僕、女演員、歌舞女郎等。如果求歡不成，甚至還找妓女以為寄託！由於他痛恨自己被性驅動力所主宰，最後造成他對自己不滿、對他人苛薄、對性慾感到恥辱。由於他深受其害，所以了解性慾的強大力量，並堅信性

在人類行為占有極重要的分量。

　　由於叔本華在性慾的追尋滿足過程中，曾經度過縱慾的墮落生活，因而反認為性慾就是最大的恥辱與罪惡，人類要擺脫痛苦與靈魂的墮落，就必須抑制情慾，把感官縱慾的享樂視為虛幻。叔本華研究過印度哲學，吸取佛學思想後，認為只有領悟意志（本能性慾）的本質，學習禁慾、斷念，然後進入忘我，最後進入空幻的境界，才能擺脫生命意志與本能欲望所帶來的一切煩惱與痛苦。叔本華對心靈屈從於感官慾望，以及悲觀地加以壓抑與扭曲的理解，預示了精神分析學與心理學的發展。

　　當愛情的火花以強韌的力量燃燒時，所伴隨性驅動力對當事者的干擾，使人類面對愛情與性慾之間的關聯，產生不同的因應之道；大別有以下四項。

＊愛慾交融式愛情──雙方靈肉合一：

　　愛情的最高境界，自然是雙方身心合一、靈肉交融的最理想完滿狀態，亦即愛慾合一的境界，且能持之以恆。如若不然，則有以下三種方式：

＊柏拉圖式愛情──雙方精神戀愛、有愛無性：

　　古希臘哲學家柏拉圖著書時，以其老師蘇格拉底之口表述所陳述的理念：「當心靈摒絕肉體而嚮往著真理的時候，這時的思想才是最好的。而當靈魂被肉體的罪惡所感染時，人們追求真理的願望就不會得到滿足。當人類沒有對肉慾的強烈需求時，心境是平和的，肉慾是人性中獸性的表現，是每個生物體的本性，人之所以是所謂的高等動物，是因為人的本性中，人性強於獸性，精神交流是美好的、是道德的。」

　　永恆不朽的眞愛，是雙方心靈合而爲一時，才能到達至高無上的境地。柏拉圖堅信眞正的愛情是一種能持之以恆、通過時間考驗的情感。在愛情保鮮期超過以後，還能繼續維持愛情的鮮度，才是眞情實愛。肉體性慾的滿足過後，會耗損愛情的精神層面，因而在「性慾不得滿足」的前提下，才能始終維持愛情的鮮度與彈性。由於柏拉圖的學說確立「時間是愛情的試金石」，經得起時間考驗的惟有「去慾」的精神戀愛，始能超凡脫俗，由而確立精神愛的論點與可能。

＊唐吉訶德式愛情──理想主義式的執著與追尋、單戀

　　《唐吉訶德》敘述一位吉哈諾的老紳士沒事最愛看騎士小說，老愛幻想自己是遊俠騎士；於是他騎著一匹老瘦馬、套了副破盔甲，給自己取名爲「唐吉訶德」，還找來老實農夫桑丘陪他一起冒險，試圖要發揚騎士精神[20]。唐吉訶德把風車當成巨人與之搏鬥，又將羊群想像成軍隊同其對抗，看似瘋癲，卻又有其睿智。作者塞萬提斯塑造唐吉訶德這麼一個帶有濃厚喜感的悲劇性人物，起先是以狂人、瘋子的形象登場，由於過分沉迷在不合時宜的騎士小說情節中，緬懷早已瓦解的騎士制度，竟幻想要以騎士精神來改造現實，於是到各地行俠仗義。然而實際上卻到處碰壁闖禍，在其瘋癲的行爲與理想中，便產生許多滑稽有趣的笑話。只是唐吉訶德並不是一個到處亂闖禍的瘋子，更不是一個小丑般的甘草人物，其實代表的

---

20 騎士制度出現於歐洲特定的歷史時期，約當西元十一至十四世紀之間。騎士是封建君主或大小領主的僚屬，騎士生活的主要內容是：比武，打獵，出征，談情等。騎士精神大致可歸結為：勇敢，忠誠，敬奉天主，服從主子，珍惜榮譽，保護婦女，善待放下武器的對手等。騎士時代雖已成過去，但在西方社會卻留下尊重女性的紳士風範傳統。

是一個崇高的理想主義者，且帶有人文主義精神。唐吉訶德希望憑藉自己渺小的力量，來改善社會，並真心鋤強扶弱，充滿小人物的鬥志與英雄氣概。

所謂唐吉訶德式的愛情，其實就是中世紀騎士精神的演化，是騎士愛情藉由唐吉訶德再現。騎士愛情是一種浪漫的個人之愛，是對早期基督教禁慾主義的發揚，對女性持以尊崇的禮節，反映當時女性地位的提高。然而騎士愛情亦是一種柏拉圖式的精神戀愛，執著且頑固，象徵單方面、精神式的追求，亦因而反映人類依舊未能獲得性的解放。

＊唐璜式愛情──滿足性慾的性愛、有性無愛

原本是歷史人物的唐璜，在後代各種文藝戲劇作品的角色塑造下，演變成傳奇式的人物唐璜。傳奇的唐璜，形象英俊瀟灑，風度翩翩，具有紳士風範，且衣著講究。憑藉己身的男性魅力，唐璜一見到心儀的各式女人，便想方設法誘之上床後，便隨之拋棄。後世對唐璜的定義，乃象徵好色之徒，靠著俊俏的男性魅力，擄獲最大多數的女人肉體來滿足其男性虛榮感。因而唐璜式愛情，意謂著沒有愛情的性，且暗喻雄性動物天賦的侵略性與占有慾。

唐璜所追求的只是女人的美貌與肉體，與女性發生關係從來不付出感情，也從來不用金錢去買性，只憑藉男性魅力引誘女人。當他得到女人的肉體後，便立刻轉移目標，尋找下一個新的獵物；因為唐璜式的人物要不斷地征服女人，才能印證其男性虛榮。所謂唐璜式愛情，指的是有性無愛的肉慾關係。

上述綜理幾位哲學家對情慾的觀點，以及愛情發展過程中幾種可能的關係與面向，只是我們在經營愛情時，或許會因交

往對象不同，而開發出不同的相對應關係。

佛洛伊德認為人類的心理層面，分為本我（Id）、自我（Ego）、超我（Supper Ego）等三個層面。「本我」包括一切遺傳與生俱來的各種本能，目的在於滿足內在需求，是人類一切侵犯與慾求的根源。如果不加管制，本能會驅使人類去做任何事，以滿足求樂的需求與衝動。「自我」是由於感官知覺與肌肉運動之間的聯繫，具有自覺的支配自己活動的功能，自我努力追求愉快，並通過焦慮的途徑，使自己免受危險，可謂心靈之理性制約者，代表理性與審慎的判斷。「超我」則是來自別人與外界的影響，包含父母的個性、家族、種族傳統，以及社會環境的要求，是一種社會制約力量，主要功能在於限制本能的滿足，以維護社會秩序。

面對愛情的多元面向，我們既要嘗試儘可能滿足本我慾望，亦要以理性制約不當的本能衝動，且在社會規約制度下尋求安身立命；亦即一分妥當的愛情要符合「情／慾／禮」等三面向的需求，否則戀愛學分的修習，將是考驗感性與理性的天秤是否能平衡擺盪的艱難功課。

延伸思考

1. 請思考你對「柔情與肉慾」的體會？
2. 在愛情受挫或被外在環境、家庭阻礙時，該如何處理？
3. 請思考「如何和諧離開愛人的十種方法」？
4. 如果戀愛失敗，該如何面對分手失戀的痛苦？

5. 請評價「柏拉圖式愛情」、「唐吉訶德式愛情」、「唐璜式愛情」的特質?

從史詩《伊利亞特》省思英雄對生死的終極抉擇

高碧玉

問題意識

　　遠古時代，曾經有過那麼一天，孔子與子路（由）、曾晳（點）、冉有（求）、公西華（赤）閒坐一起，孔子讓這四個弟子談論自己平生的志向，問道：「你們常說沒有人了解你。假使有人賞識你了，你將如何施展抱負呢？」子路搶先回答，一臉自負認眞地說道，如果讓他治理一個危難中的國家，只要三年，可使得人民變得勇敢善戰，行爲合於道義。接著冉有自信但謙虛地表示，如果讓他管理五、六十或六、七十里大的地方，三年後可使老百姓豐衣足食，至於禮樂教化恐怕需要更有才能的君子才行。公西華則更謙虛地不敢說自己有什麼才能，只回答願意認眞學習，希望有機會在宗廟祭祀或是在諸侯朝見天子、諸侯會盟的工作上，穿禮服，戴禮帽，做一個引導賓客的司禮官。最後孔子問在一旁鼓瑟、不發一語的曾晳說：「點，你的想法呢？」曾晳聽到老師的問話，琴聲漸歇，放下手邊的琴瑟，起身回答自己的志向和他們三個人迥異，說道：「暮春三月時節，換上薄暖的春裝，和五、六位成年人，六、七個童子，到河裡沐浴，在臺上吹風，一路上唱著歌兒回家。」孔子聽完，長長地嘆了口氣說：「點，我贊同你的想法。」[1]

1　子路、曾晳、冉有、公西華侍坐。子曰：「以吾一日長乎爾，毋吾以也。居則曰『不吾知也』。如或知爾，則何以哉？」子路率爾而對曰：「千乘之國，攝乎大國之間，加之以師旅，因之以饑饉；由也為之，比及三年，可使有勇，且知方也。」夫子哂之。「求，爾何如？」對曰：「方六七十，如五六十，求也為之，比及三年，可使足民。如其禮樂，以俟君子。」「赤，爾何如？」對曰：「非曰能之，願學焉。宗廟之事，如會同，端章甫，願為小相焉。」「點，爾何如？」鼓瑟希，鏗爾，舍瑟而作。對曰：「異乎三子者之撰。」子曰：「何傷乎？亦各言其志也。」曰：「暮春者，春服既成，冠者五六人，童子六七人，浴乎沂，風乎舞雩，詠而歸。」夫子喟然歎曰：

生命存在的意義，人類自千古以來，多少文人、史家、哲學家、科學家、宗教家都在探索，都試圖解開這個的謎題，但都沒有獲得圓滿的答案。孔子讓他的弟子們「言爾志」，這個世人常掛在嘴邊的話語，看似平淡無奇，看似容易回答，實則觸及到的是人生的終極目標，換句話說就是──人「活」著到底是為了什麼？，要達到什麼樣的人生才會覺得幸福和滿足？熙熙攘攘的紅塵之中，普天下多數人可能為了實現自己的人生目標而勞累奔波，上文中子路、冉有、公西華懷抱淑世精神，願意在仕途上盡心盡力；曾晳理想的人生境界則是「詠而歸」的反璞歸真，沒有牽掛，沒有利欲得失。每個個體都擁有獨特的人生觀和價值取向，有些人積極入世，有些人安於隱退，這和他所處的環境和接觸的人有直接關係，只要不違背道德良知去傷害他人，人生終極目標的追求無關對錯好壞，只是層次的高下。

發生在希臘神話時代，荷馬筆下有一批視死如歸的特洛伊戰爭英雄[2]，本單元將藉由《伊利亞特》所講述的命運悲劇，了解這些英雄的人生價值取向以及他們對生死的終極抉擇，或許能啟迪我們這些三千多年後的現代人，如果不能增加生命的長度，那麼就拓展生命的寬度和深度吧！

「吾與點也。」（《論語・先進》）

2　根據考古發現，推算特洛伊戰爭發生在西元前十二至十三世紀之間。

文本背景

在西方文學藝術史上，《伊利亞特》（*Iliad*）和《奧德賽》（*Odyssey*）這兩部英雄史詩被公認為古希臘最傑出、歐洲文學中最早、最偉大的長篇敘事詩，內容敘述西元前十二世紀希臘聯軍攻打特洛伊以及戰後有關海上冒險的故事。自從特洛伊戰爭之後，就有許多頌揚戰爭英雄事蹟的短詩在小亞細亞一帶流傳，流傳過程中詩歌又融合神的故事，增強了戰爭英雄的神話色彩。

關於這兩部鉅作的作者和書寫時間備受爭議，相傳這兩部史詩的作者是古希臘時代的盲詩人荷馬（Homeros），其生存年代大約在西元前九至八世紀，但是部分學者提出「荷馬問題」，對歷史上荷馬是否確有其人存疑，並質疑《伊利亞特》和《奧德賽》究竟是一個作者或是多個人的集體創作。儘管眾說紛紜，普遍認為《伊利亞特》和《奧德賽》最初是許多民間吟遊詩人的集體口頭創作，以口傳文學的方式流傳，西元前八世紀末經荷馬旁徵博採口頭流傳的零碎篇章，初步定型成為完整的長詩，直到西元前六世紀才有人正式以文字紀錄荷馬的詩文，西元前三至二世紀又經位在埃及亞歷山卓城[3]的希臘學術中心的學者編訂，完成了今日通行的文本。兩部史詩皆分成二十四卷，《伊利亞特》共有15693行，《奧德賽》共有12110行。

荷馬運用高超的藝術表現手法，創造出一批形象鮮明、呼

3　西元前325年，亞歷山大大帝（Alexander the Great）征服了希臘和近東、埃及，在埃及建立了亞歷山卓城（Alexandria），並在城裡建立一座空前宏偉的博物館和圖書館，使得亞歷山卓城取代雅典，一躍而成當時的學術文化中心。

之欲出的英雄人物。雖然兩部史詩的時間都跨越長達十年，其結構嚴密、布局完整、剪裁巧妙、情節生動、語言簡練、善用比喻，使得全篇長而不冗、繁富而不亂。荷馬的文采被古希臘三哲人[4]之一的柏拉圖奉為「詩人中的詩人以及悲劇詩人第一家」，此外，荷馬史詩不僅具有文學價值，亦反映出古希臘時代的經濟、政治、軍事、文化和當時人們的生活和思想情感，在歷史、地理、考古學和民俗學等方面提供後世很多值得研究的題材。阿諾德[5]認為荷馬的偉大就在於「將高貴而深刻的理念體現於生活之中」，馬克思[6]讚美荷馬史詩具有「永久魅力」、是「高不可及的範本」，郭沫若[7]稱它為「史詩中的史詩」、「詩體小說的第一個頂峰」。荷馬生動的筆法讓《伊利亞特》和《奧德賽》的故事成為最值得珍愛和回味的文化遺產之一，深深烙印在人們心中。

　　希臘神話中特洛伊戰爭導因於神明之間為了爭奪一顆金蘋果而惹出爭端，引爆日後希臘聯軍和特洛伊之間的海倫爭奪戰。據說天帝宙斯（Zeus）從普羅米修斯[8]（Prometheus）口中得知預言，海之女神奈蒂斯（Thetis）的孩子將超越其父，

4　希臘三哲人：蘇格拉底（前469-399）、柏拉圖（前427-347）、亞里斯多德（前384-322）。

5　阿諾德（Mattew Arnold, 1822-1888），英國詩人、教育家，評論家。

6　馬克思（Karl Heinrich Marx, 1818-1883），德國哲學家、思想家。

7　郭沫若（1892-1978），中國現代著名文學家、劇作家、詩人、歷史學家、古文字學家、書法家、學者、社會活動家。

8　普羅米修斯，泰坦族神，「普羅米修斯」的意思是「先見之明」。他從宙斯那裡盜取了天火交給人類，宙斯將他鎖在高加索山的懸崖上，每天派鷹去吃他的肝，肝又重生，天天承受被惡鷹啄食肝臟的痛苦。

文學與生活

進而取代其父親的統治地位。宙斯為了保住自己的王位，命令所愛的佘蒂斯下嫁凡人英雄——密爾米頓（Myrmidons）人首領佩琉斯（Peleu）。佩琉斯和佘蒂斯邀請眾神在他們大喜之日觀禮赴宴，惟獨專愛惹事生非的紛爭女神伊利絲（Eris）未受邀請，伊利絲懷恨在心，伺機報復。在婚禮當天伊利絲從天上拋出一顆金蘋果到筵席上，上面寫著：「獻給最美麗的女神」，引起三位女神相爭的局面。天后希拉（Hera）、智慧女神雅典娜（Athena）和愛與美女神阿芙柔黛蒂[9]（Aphrodite）都堅持自己最有資格獲得金蘋果。她們請奧林帕斯山的宙斯[10]評判，宙斯不想得罪任何一方，把這個棘手的評判工作丟給特洛伊（Troja）的二王子帕里斯（Paris），於是使神漢密斯（Hermes）帶著金蘋果，引領三位女神去找當時還是牧羊人的帕里斯。帕里斯原是特洛伊的二王子，他因出生時出現異兆，並被預言將來特洛伊會因為他而毀滅，於是帕里斯遭特洛伊國王普萊姆（Priam）拋棄山中，長大後在山中放牧，日後才恢復王子身分。三位女神都開出誘人條件，試圖賄賂帕里斯：希拉答應讓帕里斯成為天底下最有權勢的君王；雅典娜答應給帕里斯最高的智慧；而阿芙柔黛蒂承諾把天底下最美麗的女人送給帕里斯。帕里斯最終選擇將金蘋果判給阿芙柔黛蒂，其他兩位女神懷恨而去。

作為回報，阿芙柔黛蒂把帕里斯帶到斯巴達王宮，其時

9　阿芙柔黛蒂（Aphrodite）是愛神在希臘神話的名稱；至羅馬神話則改名為維納斯（Venus）。

10　宙斯（Zeus），希臘神話中的十二主神（The Gods of Olympus）以宙斯為中心，居住在奧林帕斯山上；羅馬名為朱彼特（Jupiter）。

天底下最美麗的女人海倫（Helen of Troy）[11]已是斯巴達王國的皇后，帕里斯一見鍾情，阿芙柔黛蒂施行魔咒，讓海倫和帕里斯共墮愛河。期間適逢斯巴達國王孟奈勞斯（Menelaos）離國出訪克里特島，帕里斯趁機將海倫誘拐回特洛伊，孟奈勞斯返國後發現妻子海倫被帕里斯拐去，財寶亦被劫走，怒不可抑，向兄長也就是邁錫尼（Mycenae）國王阿加曼農（Agamemnon）求援。希臘派使者對特洛伊人和平交涉不成，故聯合希臘各城邦組成希臘聯軍向特洛伊宣戰，誓死奪回海倫。眾軍集結成一支偉大的遠征隊，軍隊十餘萬人，戰艦共有千餘艘，由阿加曼農擔任希臘聯軍統帥，冷靜又足智多謀的伊薩卡（Ithaca）國王奧德修斯（Odysseus）迫不得已參軍[12]，希臘第一戰士阿奇里斯（Achilles）最終決定加入聯軍[13]，為期十年的特洛伊戰爭就此展開。

荷馬史詩 *Iliad* 直接音譯為《伊利亞特》，意思就是「發生在伊利昂的故事」[14]。《伊利亞特》的主題十分凝聚，時間

---

11 希臘神話中天底下最美的女人，是宙斯變身天鵝與斯巴達王后麗達（Leda）交歡所生下的女兒，她名義上的父親是斯巴達國王廷達瑞奧斯（Tyndareus）。海倫的美貌傳遍天下，是許多王子追求的對象，廷達瑞奧斯挑選婿時生出意外，要求所有追求者鄭重宣示：無論誰雀屏中選，大家都必須努力保護海倫夫婦的婚姻。最後孟奈勞斯贏得海倫為妻，廷達瑞奧斯立他為繼任國王。

12 精明理智的奧德修斯不想為了一個海倫離開家鄉和妻小，假裝發瘋，卻被希臘聯軍派來的使者識破，雖不願意，奧德修斯也只好去了。

13 海洋女神佘蒂斯曾預言，如果自己的兒子阿奇里斯參與希臘聯軍，註定會戰死在這場流傳千古的特洛伊戰爭。希臘城邦組成聯軍時，佘蒂斯要阿奇里斯偽裝成女子躲起來，想以此躲過戰爭，但被奧德修斯識破。阿奇里斯為了獲得個人榮耀和尊嚴，即使明知註定要戰死，終究加入希臘聯軍。

14 伊利昂（Ilium）是特洛伊的別稱，此城為特洛伊第四代國王伊魯士（Ilus）所建，故得名。伊魯士為紀念他的父親特洛斯（Tros），為該城另取別名為特洛伊，城中人民自然而然被稱為特洛伊人。特洛伊城是一座富裕的城堡，位於貿易要衝的達達尼爾海

軸只涵蓋特洛伊戰爭末期五十天左右，從第二卷到第二十二卷又針對四天之內最具意義的事件作完整而深入的挖掘，呈現了特洛伊戰爭中最悲壯的一頁，但藉由回溯過去以及預期未來而拉長了時間面向。《伊利亞特》故事結構緊湊，情節環繞在阿奇里斯因戰利品被統帥阿加曼農強奪而感到恥辱，憤而罷戰，造成希臘聯軍節節敗退等後果。直到密友派特羅克洛斯（Patroclus）[15]戰死在特洛伊大王子赫克特（Hector）[16]的手下，阿奇里斯勃然大怒，重回戰場替密友復仇雪恨。整部史詩激憤、哀痛、悔恨、絕望、親子和夫妻情愛交織不斷，深刻闡述身為英雄無法避免的悲劇命運。

　　《伊利亞特》故事情節從戰爭的第十年初開始描寫，此時戰爭已久，兩方陣營僵持不下。全篇以阿奇里斯的兩次憤怒作為主軸，第一卷開宗明義寫道：「歌唱吧，詩歌女神[17]！歌唱佩琉斯之子阿奇里斯[18]的憤怒，他赫然暴怒導致了這場兇險的

峽，歷來為兵家必爭之地，其城數度被毀又重建，舊城遺址有七層之多。

[15] 根據第二十三卷的描寫，派特羅克洛斯年幼時，因玩耍時誤殺安菲達馬斯（Amphidamas）之子而被迫離鄉，被阿奇里斯之父佩琉斯收留宮中，同阿奇里斯一同長大，是阿奇里斯最親密的夥伴，古希臘時代這種男性之間的愛非常普遍，也受到推崇。在特洛伊戰爭之前，派特羅克洛斯與阿奇里斯一同參加過無數戰役，是個英勇的戰士。

[16] 赫克特是特洛伊國王普萊姆（Priam，另有版本做Priamus，翻譯為普里阿摩斯）的兒子，特洛伊二王子帕斯（Paris）的哥哥，是特洛伊第一勇士，被稱為「特洛伊的城牆」，勇冠三軍，品格正直。

[17] 詩歌女神，希臘神話九位繆思女神（Muses）之一，是掌管詩歌與藝術之神。荷馬史詩開卷時會有一段向繆斯女神祈求靈感的文字，藉此顯示其詩是出自天之授意，非人力所及，此法成了之後的史詩作者寫作的慣例；繆思因而成為靈感與藝術的象徵。

[18] 冠以家世名稱是古希臘人自稱或介紹人物的特點，是古希臘人重視氏族、尊敬祖先的表現。

災禍，給阿開亞人[19]帶來了無數的苦難，將許多豪傑的英靈全打入了黑迪斯（Hades）[20]地府，戰場上屍橫遍野，任由土狗野禽爭食，從而實踐了宙斯的意志。」《伊利亞特》以希臘陣營阿加曼農和阿奇里斯之間發生爭執作為開場，起因於阿波羅神廟祭司的女兒克莉西施（Chryseis）被俘虜為阿加曼農的戰利品，祭司帶著豐厚的財寶前往希臘聯軍營地[21]，百般哀求，試圖贖回女兒，反遭阿加曼農拒絕和辱罵。於是祭司祈求阿波羅懲罰希臘聯軍，阿波羅在營地降下可怕的瘟疫，士兵病死無數。

為防止瘟疫繼續蔓延，阿奇里斯帶頭要求阿加曼農釋放女俘，阿加曼農迫於形勢，很不情願地歸還女俘，但他心懷怨恨，硬是奪走阿奇里斯擄來的寵妾布麗賽伊斯（Briseis）[22]作為補償自己的損失，阿奇里斯盛怒下回營閉戶，拒絕再上戰場為聯軍效力。他來到海邊向母親奈蒂斯哭訴心中委屈，央求母親對宙斯施展魅力，說服宙斯懲罰阿加曼農並令阿開亞人大敗。於是宙斯託夢給阿加曼農要求希臘軍隊作好戰鬥準備，謊稱阿加曼農只要出擊便能得勝。在希臘聯軍中，只有驍勇的阿奇里斯才是特洛伊統帥赫克特的對手，因為阿奇里斯發怒拒

19　阿開亞人，詩中泛指希臘人。

20　黑迪斯，希臘神話中的冥王（The Lord of the Underworld），是宙斯的兄弟，統治地獄。

21　希臘士兵陸續登陸特洛伊，以壓倒性的多數迫使特洛伊人退回城內，閉門固守。希臘人占據灘頭陣地，在沿岸紮營作為居住之所，並加強防禦工作準備長期作戰。

22　希臘聯軍艦隊沿著愛琴海前進，一路攻城掠地，在抵達特洛伊之前，各路人馬都搶得不少寶物和女人。長達十年的特洛伊戰爭，兩方陣營在特洛伊城外的平原進行拉鋸戰，互有輸贏。在戰況稍緩時，阿奇里斯會率領他的部隊到鄰近城鎮洗劫，掠奪當地女子和財寶，在攻下律奈薩斯城時，擄回了女子布麗賽伊斯，並與之成婚。

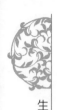

戰，希臘聯軍節節挫敗，幾乎全軍覆沒，只好退守海濱的戰船，建構防禦性的壁壘。此時，阿加曼農後悔先前自己對阿奇里斯不公，派人向阿奇里斯求和，表示不但願意歸還布麗賽伊斯，還允諾贈給阿奇里斯更多戰利品。

　　此時戰場上的局勢十分危急，眼看特洛伊軍隊在赫克特帶領下火燒戰船，就要突破希臘聯軍的最後防線，派特羅克洛斯極力勸說阿奇里斯重返戰場挽救頹勢，然而阿奇里斯對阿加曼農的憤怒難消，執意不肯參戰，在派特羅克洛斯的請求下，阿奇里斯同意讓派特羅克洛斯穿上他的盔甲代他出戰。派特羅克洛斯在這次戰役中化解了希臘聯軍的燃眉之急，把越過壁壘的特洛伊人擊退，斬殺眾多特洛伊的英勇將領，並多次衝擊特洛伊城牆。但不幸地，派特羅克洛斯先勝後敗，戰死在被眾神助佑的赫克特手下，阿奇里斯借給他的盔甲也被赫克特剝奪。親密夥伴慘死沙場，引發阿奇里斯第二次的憤怒。哀慟欲絕的他與阿加曼農盡棄前嫌，並且披上母親為他請求火神重新打造的兵甲盾牌，他重返戰場大開殺戒，展開一場驚天動地、殺人盈野的瘋狂大復仇以宣洩喪友之痛。阿奇里斯所向無敵，屍體堆積如山把河道都堵塞了，河神站出來阻止阿奇里斯的殺戮，阿奇里斯轉而大戰河神，嚇得河神驚慌逃竄。更遑論特洛伊人聞風喪膽，潰散不成軍，撤退回城內，惟獨赫克特一人留在城外，起先他轉身逃跑，最後還是站定和阿奇里斯決鬥。在特洛伊城門前他們一對一生死對決，最終阿奇里斯取得了決定性的勝利，一槍刺穿赫克特咽喉，奪回舊盔甲，並當著赫克特父母和特洛伊人面前肆意虐屍以告慰密友亡靈。赫克特的遺骸不僅被拖行在泥塵裡繞城三圈，之後阿奇里斯又讓周圍的將領每人輪流戳屍體一槍，戳得千瘡百孔，再命令曝屍三天。

　　普萊姆國王在神明幫助下，攜帶大批財寶前往阿奇里斯營帳跪求贖回兒子赫克特屍體，老國王抱住阿奇里斯的膝蓋、親吻他的手說：「神般的阿奇里斯啊！想想你的父親，他年紀和我相當，已是垂暮之年，沒人在身邊保護他，但他聽說你還活著一定很高興，天天盼望著你從特洛伊歸來。我卻很不幸，五十個兒子一個接一個被殺掉，連最後那一個赫克特也被你殺死了。我為了贖回那個保衛祖國而被你殺死的兒子赫克特的屍體，帶著無數的財寶來到你這裡，阿奇里斯你要敬畏神明，憐憫我啊！想想你的父親，我比他更可憐，忍受世上凡人沒有過的痛苦，竟要親吻殺子仇人的雙手。」憤怒的阿奇里斯被老國王的真情感動，兩人情不自禁的相對落淚，皆體認到對方的偉大情操和凡人共同的哀痛。阿奇里斯化解了心中仇恨，不但歸還赫克特屍體，並保證對特洛伊休戰十二天，讓普萊姆國王和特洛伊國人能好好祭奠英勇早逝的赫克特，《伊利亞特》的故事到此戛然而止。

　　荷馬史詩《伊利亞特》的譯本眾多，有韻文體，有散文體，本文參考數種流傳較廣的中英譯本[23]，選譯第二十二卷「赫克特之死」的部分內容，因版本不同，文句的分行有所差異，請讀者自行參閱。

---

23 英文有里歐（E.V. Rieu）譯本、拉提摩（R.Lattimore）譯本、穆瑞（Murray）譯本；中文有羅念生‧王煥昇合譯本、陳中梅譯本、鄧欣揚譯本、曹鴻昭譯本等。

阿奇里斯生死決戰赫克特

希臘‧荷馬　著

待他們[24]相向而行，咄咄逼近時，
頭盔閃亮、堅定的赫克特打破沉默：
「夠了，佩琉斯之子，我不再躲避你，
像早先般連續繞普萊姆的都城跑三圈。
現在，我的心靈驅使我和你一決生死，
不是我取你性命，就是淪為你槍下魂。
首先讓我們呼喚各自的神明前來見證[25]，
偉大的神明是我們誓言的最好監督者：
我發誓，如果宙斯讓我奪走你的性命，
絕不會凌辱你的屍體，殘酷的阿奇里斯，
我只剝下你身上那一副光輝燦爛的鎧甲，
然後把你的遺體交還給阿開亞人[26]，
發誓吧！你會以同樣的方式待我。」
捷足[27]的阿奇里斯惡狠狠地看著他，答道：
「赫克特，你瘋了，竟然跟我談論條件。
獅子和人類之間不可能打交道，
如同狼和綿羊永遠不會看對眼，

24　指阿奇里斯和赫克特。

25　神在《伊利亞特》中占有主導性地位，凡人都相信神的存在和力量，敬畏神並依賴神的保佑。

26　在古希臘時代，人死之後屍體要循禮安葬入土為安，否則死後靈魂將漂遊大地不得安息。

27　荷馬史詩用固定的修飾詞、短語和段落形容被修飾者或物的特色，或強調效果，或產生反諷之意。

他們始終與對方是不共戴天的仇人。
同樣地，你我之間毫無友誼和誓約可言，
沒有任何形式的休戰，直到有一人倒地，
用他身上的鮮血餵飽頑強的戰神阿利斯[28]。
所以，來吧！鼓起你所有可能的勇氣，
施展槍法和膽量，在這死難臨頭的時刻。
你無處可逃，帕拉斯・雅典娜將以我的槍
斷送你性命，你的槍矛曾殺死我無數同伴，
使我痛苦無限，這一刻，該你血債血還。」
阿奇里斯說完，舉起長槍奮臂擲出，
顯赫的赫克特緊盯對手，見槍飛來，
蹲身閃躲，銅槍掠過頭頂，插進泥地裡。
帕拉斯・雅典娜拔槍交還給阿奇里斯，
但士兵的牧者赫克特對此一無所知。
赫克特對豪勇的佩琉斯之子欣喜喊道：
「神般的阿奇里斯，你居然枉費力沒投中！
似乎你不曾由宙斯那裡得知我的死期，
你憑空臆造，企圖伶牙俐齒耍弄我，
藉此嚇唬我、消耗我戰鬥的能力和激情。
我不會被嚇轉身逃跑，不會讓你擲槍中背，
我要正面衝鋒，儘管讓你當胸刺入胸膛，
如果這是神意。但是你得先躲我這一槍，
求天保佑我這銅槍能夠入肉穿腸。
只要你一死，你，頭號的特洛伊災禍，

28　希臘神話中的戰神阿利斯（Ares），羅馬名稱為瑪爾斯（Mars）。

這場對特洛伊的戰爭便會輕鬆許多。」
話聲甫落，赫克特奮臂投擲他的長桿槍，
擊中佩琉斯之子那神打造的盾牌中心，
準確無比，但長槍卻被盾牌彈回來。
赫克特懊惱如此漂亮的一擲竟一無所獲，
又愕然呆立，因他手上沒有第二支長桿槍，
他高聲呼喊手持白盾的得伊福波斯[29]，
問他要一支長槍，但後者已消失匿跡。
當下，赫克特悟出了事情真相，嘆道：
「天哪！顯然是神明召喚我來送死[30]。
我以為可敬的得伊福波斯在我身邊，
哪想他還在城裡，是雅典娜愚弄了我[31]。
死亡已降臨，近在眼前再也躲不掉了。
我無法逃脫宙斯和他的射神兒子[32]，
顯然結局早定：我必死無疑。儘管他們
曾經那樣善待我、熱心地幫助過我。
我不能束手待斃，黯無光彩地死去，
讓我先激戰一場，讓赫赫功績傳誦後世。」

---

[29] Deiphobus，特洛伊的將領，是特洛伊國王普萊姆之子、赫克特的弟弟。

[30] 《伊利亞特》中，神的思維和行為左右一切，包括戰爭的進展，孰勝孰負等。

[31] 當阿奇里斯重返戰場大開殺戒時，所有特洛伊士兵往城內撤退，赫克特是最後一個留在城外的人。他本震懾於阿奇里斯的氣勢，拔腿轉身逃跑，豈知雅典娜化身為得伊福波斯欺騙了他，慫恿他和阿奇里斯戰鬥，因此赫克特不再逃避，正面迎戰阿奇里斯，最後慘死城下。

[32] 指太陽神阿波羅（Apollo），希臘神話中宙斯之子，他在《伊利亞特》中的身分是銀弓射神。

赫克特說完，拔出鋒利之長劍，
利劍寬厚沉重，佩帶腰邊。精神抖擻，
劍迴旋揮掃，有如一搏擊長空的雄鷹[33]，
猝然穿越濃密烏雲向大地俯衝，
攫取稚嫩的羔羊或蜷縮發抖的野兔—
赫克特如這般揮舞利劍，奮勇出擊。
阿奇里斯出面迎擊，內心熾火狂燃，
舉起裝飾華麗精美的盾牌遮護前身，
頭上晃動著鑄工精湛、閃亮的頭盔，
美麗輝煌的金羽飾在盔頂不斷搖曳，
赫淮斯托斯[34]把盔飾密密地嵌顯邊旁。
阿奇里斯的槍尖射出寶石般熠熠寒光，
夜晚時分，如太白金星閃爍於群星間，
無數繁星點綴的天空，數它最明亮[35]。
他右手舉槍，一心要殺神般的赫克特，
搜尋那魁偉的身軀最佳的攻擊部位。

赫克特全身有他殺死派特羅克洛斯，
奪得的那副璀璨的鎧甲嚴密護衛，
除了連接肩頸的鎖骨，敞開的咽喉，

---

33 荷馬擅用明諭，經常把英雄比喻成各種動物。

34 赫淮斯托斯（Hephaestus）是希臘神話中的火神，擅長打造器物，亦是匠神。由於相貌醜陋且瘸腿，因而生下來後便被天帝宙斯與天后希拉（Hera）所遺棄的可憐兒子，卻娶得美麗的愛神阿芙柔黛蒂。

35 荷馬經常將槍林箭雨的交戰場面比喻成大自然現象，如飛雪降霜、層雲繁星等類，生動有趣。

人體中最是容易遭致命一擊之處。
神般的阿奇里斯一槍戳中向他猛撲的、
赫克特的咽喉，槍尖刺穿柔軟的頸脖，
沉重的梣木銅槍尚未戳斷氣管，
赫克特還能張口，向征服者對話。
赫克特癱倒泥塵，阿奇里斯誇耀勝利，
赫克特你視殺派特羅克洛斯為等閒之事，
見我長期罷戰，妄想自身會平安無事。
愚蠢啊！忘了一個遠比派特羅克洛斯
強得多的人還沒出動，我還留在空船前[36]。
現在我打倒你，惡狗禿鷹將撕食你屍首，
同時，阿開亞人卻將厚葬派特羅克洛斯。
頭盔閃亮的赫克特聲音微弱地懇求說，
在你尊前，看在你自己和你雙親的分上，
不要把我屍體丟給阿開亞船邊的狗群。
你會得到許多黃金和銅塊做為贖金，
我父王和高貴的母后會給你送來厚禮，
讓我的屍體運回家吧！好讓特洛伊人，
和他們的妻子生起祭火哀榮我的死亡。
捷足的阿奇里斯怒目而視，回答說：
你這狗東西，不要提尊前和我的父母，
你的行為激起我心中多少怒火和苦痛，
恨不得剁碎你肉，生啖你下肚以洩憤。

---

36 阿奇里斯因氣憤阿加曼農奪去自己的榮耀而罷戰，他在靜待機會，等待希臘聯軍的潰敗，以此突顯自己對這場戰爭的重要性。

休想有人阻止狗群撲食你的屍體，
即使特洛伊人送來十倍二十倍的贖金，
哪怕答應將來還要給我更多的貢品，
縱使達爾達諾斯之子普萊姆囑人送來，
和你身體等重的黃金，你的生身母親，
也休想把你放在靈架上，爲你哭泣，
狗群和飛禽會把你連皮帶肉吞噬乾淨。

頭盔閃亮的赫克特垂死前又向他說道，
我看透了你的本性，我是白費唇舌，
因爲我知道，你有著冷酷的鐵石心腸。
不管你如何驍勇，請當心你末日到時，
我不想你凌虐我屍首的手段觸怒神明，
當你在斯開埃城門[37]前耀武揚威，
被帕里斯和阿波羅打倒的時候[38]。
語音剛落，死亡降臨罩住他的軀體，
脫離軀殼的靈魂飛往黑迪斯的冥府[39]，
哀悼命運悲苦，青春年華和壯志永不再。

---

37 The Skaian Gate，特洛伊最顯著的城門，特洛伊國王觀戰的地點。

38 阿奇里斯全身刀槍不入，只有腳跟是他的惟一弱點。阿奇里斯在襁褓中時，被母親雙手抓住他的後腳跟，將其全身泡在冥河之水中，故刀槍不入，惟獨後腳跟成了他的死穴。阿奇里斯殺了赫克特後，將其屍首拴在戰車後，繞城奔馳以洩心頭之恨。天神阿波羅看在眼裡，非常不滿，決意懲罰阿奇里斯。在阿奇里斯一場攻城戰裡，率軍近逼特洛伊城牆，帕里斯在城上發箭射他，阿波羅趁機以法力令這支離弦利箭命中阿奇里斯的後腳跟，阿奇里斯應箭而倒，死在特洛伊城下。後世就以「阿奇里斯的後腳跟」比喻一個人惟一致命的弱點。

39 荷馬筆下人死後化為鬼魂進入冥府，有形無體，外貌和穿著與在陽世無異。

捷足的阿奇里斯對死去的赫克特嚷道：
你就死吧！至於我的死期，我隨時接受，
讓宙斯和不朽諸神去決定，讓它來吧！
言罷，從屍體上拔出銅槍，放置一旁，
剝下血跡斑斑的鎧甲，從死者肩上。
同時其他阿開亞人湧過來四面圍觀，
驚異赫克特體魄健美、相貌奇美，
沒有人離開前不給屍體添一道新傷痕，
人們望著身邊夥伴，戳著屍體嘲笑道⁴⁰，
瞧瞧呀！現在赫克特可比以前要溫和，
比他用熊熊烈火燒我方船舶時鬆軟得多。
就這樣，大家邊說邊戳擊不動的屍體，
捷足的阿奇里斯剝下赫克特的鎧甲，
開始對阿開亞人展開帶翼的⁴¹演說，
朋友們！阿哥斯各位將領和軍師們，
既然不朽的神明讓我殺死他，這個人，
傷害我們，比其他所有人加起來還多。
現在讓我們全副武裝，繞城偵查一番，
弄清特洛伊人下一步有何打算？
是準備棄守高城，眼見赫克特倒下，
還是要繼續死守，雖然赫克特已死。
然而，我怎麼在想這些事？我的心魂。
派特羅克洛斯還躺在船裡，尚未埋葬，

---

40 詩中偶爾會出現英雄們諷刺對手的有趣語言。

41 「長了翅膀的話語」（epea pteroenta），荷馬慣用的修飾語。

無人哭祭，只要我活在人世間一天，
還能地上行走，我便絕不會把他忘懷。
即使在冥王地府，連亡魂都相互忘懷時，
我仍然會牢牢記住我那個親密夥伴。
所以阿開亞戰士們，讓我們高唱凱歌，
返回高大海船，抬著這具躺著的屍體，
我們已贏得偉大光榮，殺死了赫克特，
一個被特洛伊人，尊為神一樣的凡人。
頌耀中，他構思如何凌辱赫克特屍體[42]，
赫克特雙腳，腳踝到腳跟的筋脈被割開，
穿進牛皮切出的繩帶，雙足捆在一起，
拴上戰車，讓死者貼地面，腦袋拖地。
他跳上戰車，舉著那副輝煌的鎧甲，
揚鞭催馬，兩匹駿馬揚蹄如飛般疾馳。
赫克特拖曳在後，揚起一片塵煙，
黑捲髮飄拂兩邊，俊美腦袋磕碰地面，
堆滿厚厚泥塵，宙斯已把他交給敵人，
在故鄉土地，任憑自己敵人褻瀆污損。

（以上選譯自《伊利亞特》第22卷）

---

42 《伊利亞特》中殺死敵方將領，剝下其鎧甲，搶奪並凌辱遺體，是一種英雄獲取巨大
榮耀時經常使用的殘暴行徑。

英雄對生死的終極抉擇

「巨大的苦難降臨到希臘身上。那麼多的屍體拋入大海的口裡，地球的口裏，那麼多的靈魂像穀粒餵養著石磨，河流暴漲著，鮮血滲入它的汙泥……一切，只為了一個海倫！」～塞佛里斯[43]

古希臘神話時代是一個列國爭霸、豪傑群聚的英雄年代，無數的英雄競相登上舞臺，一場歷經十年的特洛伊戰爭讓這群戰爭英雄同日月爭輝，與天地同壽。荷馬對人性尊嚴和生命意義的體認敏銳而透徹，英雄事蹟透過他的吟頌變得恍如有血有肉的具體存在。荷馬史詩不但讓眾英雄的輝煌戰績和榮耀傲世不朽，更直視原始的個人英雄主義下身為古希臘英雄必須承受的悲壯命運與永恆的悲傷。

《伊利亞特》的結尾不在赫克特被殺死時結束，也沒寫到特洛伊淪亡的「木馬屠城」故事[44]，荷馬安排的結尾在深沉哀痛的悲緒中見到天倫的光輝瓦解了英雄的仇恨。當敵對雙方主將阿奇里斯和赫克特在戰場上生死決鬥，他們共同意識到凡人生命中的相同點，那就是生命有限，苦難無窮無盡。他們更感悟凡人終將一死的深層悲哀，人生如同樹葉由茂盛到枯亡，既然無法擺脫死亡的脅迫，何不坦然接受命運的安排。所以

---

[43] 喬治・塞佛里斯（George Seferis，1900-1971），希臘傑出詩人，1963年獲得諾貝爾文學獎。

[44] 在阿奇里斯陣亡後，奧德修斯獻上木馬屠城計。希臘聯軍打造一隻巨大的木馬躲進裡面，並佯裝撤退，讓特洛伊人將木馬當作戰利品帶回城內，藉此攻入特洛伊。希臘人進入特洛伊城後，燒殺擄掠，直到特洛伊城被夷平後，帶著戰利品滿載而歸。

對他們而言，生命的短暫不足為憂，掛念的是在這有限的生命中，能否創造出個人無限的榮耀；懼怕的是無所作為和沒沒無聞的走到生命的盡頭。

人生的悲苦緣起於短暫的生命，史詩裡流露出參戰的士兵本性愛好和平，戰爭是不得已而為之。荷馬沒有美化死亡的殘酷恐怖，全詩各篇章籠罩著死亡的陰影，一具具戰士的屍體怵目驚心，英雄不僅面對死亡瞬間，接繼而來可能是屍首慘遭敵方蹂躪，被野狗飛禽啃食的夢魘。如果英雄得以永生不老，與天地同存，就再也不會冒死上戰場衝鋒陷陣。相較於荷馬筆下的人間多災多難，天界卻至高無上。荷馬的神明具有人的形體，個個俊男美女，其七情六慾與人類相通，換言之，神是不死的凡人。《伊利亞特》裡的諸神集莊嚴高貴和自私愚昧於一身，絲毫不受倫理道德約束。神明之所以可以超越凡人的苦痛，是因為他們擁有神力和長生不老的特質，精神或肉體的折磨或懲罰轉眼就消失無蹤。以宙斯為首，奧林帕斯山上的天神經常聚在一起飲宴作樂，從天界俯視人間各種苦樂，開會討論凡人的行為與命運，興起便下凡介入人間事，無趣了，就任由人類自生自滅，一點也不在意。

在特洛伊故事裡，眾神因希臘聯軍和特洛伊交戰而分為兩大派，雙方紛紛加入人間戰場各自幫助其所好一方，彼此爭鬥的熱烈程度不輸於凡人。一派以希拉、波賽頓[45]和雅典娜為中心，支持阿開亞（希臘）人；另一派以阿波羅、阿利斯（瑪爾斯）、和阿芙柔黛蒂（維納斯）為核心，幫助特洛伊人。宙斯時而偏袒特洛伊，時而縱放希臘聯軍，從中享受不可忤逆的天

---

45 波賽頓（Poseidon），希臘神話中的海神，宙斯的兄弟。

帝至尊。大抵上，凡人的苦難對天神而言微不足道，天神雖然關切人類的命運，但不是爲天地主持公平正義。神的存在和本質，正好可以用來對襯凡人的生命。人類感受苦難，神明卻是快樂；人類會死亡，神明卻不朽。兩相形成強烈對比，人擁有生命的同時，也就擁有了苦難。短暫卻苦難的人生是所有凡人必須面對的現實，特洛伊英雄偉大之處就在於他們勇於承受苦難、面對死亡，對死後無所企盼，全心全意活在此時此刻此地。英雄追求的人生意義和價值是創造個人的榮耀，是一種無用之用、爲英雄而英雄的原始和理想化的英雄主義。打勝仗所帶來的榮耀與死亡的悲慘往往僅是一線之隔，英雄選擇以英年早逝的人生換取永恆的榮耀和驕傲。

　　荷馬讓英雄如神明，神明如人。英雄把個人的尊嚴和榮耀看得比生命更重要、更可貴，透過勇武和辯才無礙，英雄爲自己和家族爭取土地、財富和尊榮，捍衛既有的社會地位、分配格局和既得利益。依照荷馬的觀點，英雄是神的後裔，天之驕子，人中之龍，相貌出眾；英雄皆有名有姓，出身顯赫的門第；英雄一開口就是口若懸河，發送「長了翅膀」的話語，把心理的話明明白白表達出來，絕不含糊。此外，英雄勇猛豪強，不僅嗜戰，而且善戰。他們全副武裝奔赴戰場，先和對手言語交鋒，之後拼盡全力廝殺，即使受挫負傷，稍作休養繼續戰鬥。若是戰友身陷險境，他們穿越槍林箭雨，搶救同伴和護衛陣亡者的屍體。所有英雄皆死於戰爭，受戮於其他英雄，死得轟轟烈烈。

　　《伊利亞特》裡首席戰士阿奇里斯信奉「爲榮耀而榮耀」的純粹英雄主義，他蔑視死亡，只爲榮耀而活，代表古希臘時期英雄品德的最高境地，宛如群星璀璨的高空綻放著永恆的光

輝。在史詩裡，父親是國王，母親是海之女神，阿奇里斯是神與人結合的後代，集眾優於一身：身材壯碩、儀表堂堂、氣質高貴、家世不凡、蓋世武功無人可及。然而阿奇里斯的自信與自傲、易怒與偏執，給自己和他人帶來人生的悲劇。當初其母親海之女神曾向阿奇里斯透露，如果他加入希臘聯軍，註定會戰死在特洛伊戰場，如果不參加這場戰爭，則可安享天年。純粹為了贏得個人榮耀和尊嚴，阿奇里斯毅然決然選擇後者。孰料他以天年換來的戰利品——女俘，竟被己方的統帥阿加曼農強行奪走，除了憤怒之外，還為了保全受辱的榮耀因而退出戰場，他變得乖張殘忍，不但使聯軍折兵損將，也使得代他出戰、惟一的親密好友慘死，直到他殺死赫克特為密友復仇，才稍減胸中憤恨。阿奇里斯為榮耀而榮耀的英雄主義，使他無法接受阿加曼農的和議，阿加曼農送來的賠禮形同垃圾，他不屑一顧。在荷馬史詩中，命運的預言靈驗無比，即使天神也無法改變命運。當阿奇里斯給予赫克特致命一擊，垂死的赫克特預言他死期已在眼前，不久後他會受戮於帕里斯和阿波羅之手。阿奇里斯坦然接受死亡的逼近，說道：「你就死吧！至於我的死期，我隨時接受，讓宙斯和不朽諸神去決定，讓它來吧！」

相較於為戰爭而存在，狂野又孤獨、無所掛礙的阿奇里斯，受到各種人情束縛的赫克特也必須戰鬥到耗盡身上最後一絲力氣，絕不苟且偷生。赫克特是特洛伊的第一戰將，同時是好丈夫好父親，他嚮往和平生活，但為了保國衛民必須出戰。兩方交戰持續不止，他知道自己終將陣亡，即使父母聲聲挽留他，不想見到白髮人送黑髮人，妻子涕淚滿面說不想變成孤兒寡母，哀求他不出戰躲在安全的城牆內以保全性命，他激

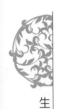

動地回答說，如果特洛伊注定滅亡，他寧願自己戰死，也不願在城陷之後看到妻子成了俘擄。在安撫了太太之後，他依舊回到戰場上。

不論是阿奇里斯、赫克特，或是其他的戰士，英雄領悟他們的宿命就是戰鬥的人生，戰場是爭取榮耀的地方。戰爭誠然無情，死亡確實可怕，但他們並沒有因此而顯得貪生怕死，反而滿懷激情奔赴生命終結之地。因爲惟有贏得永恆不朽的光榮戰績，才得以超越有限的生命；惟有活得轟轟烈烈才會覺得喜悅和滿足，即使是以付出生命作爲代價。史詩《伊利亞特》中英雄實踐生命存在的價值和意義，就在於用有限的生命抗拒無窮的苦難，讓個人的榮耀流芳萬世。縱使戰爭將成千上萬的青年戰士的生命吞噬，死神把無數靈魂拖進陰曹地府，明知自己踏上的是一條通往冥府的不歸路，特洛伊英雄決然捨生取死，接受宿命又不向命運低頭，這種試圖衝破自身局限而又無法衝破的命運悲劇，使英雄展現了人性最純粹高貴的情操和尊嚴。

一個人究竟該選擇長命百歲卻庸庸碌碌過一生，或是選擇榮耀非凡卻英年早逝的人生？《伊利亞特》已經給了答案。「德不孤，必有鄰」；英國偉大的浪漫派詩人拜倫（George Gordon Byron, 1788-1824）和雪萊（Percy Bysshe Shelley, 1792-1822），他們既是才華洋溢的詩人，又是無畏的戰士，爲了理想，爲了帶領人們走向光明和生機，前者奮不顧身在戰場上叱吒風雲，鞠躬盡瘁染病辭世，享年三十六歲；後者冒著身家性命危險與殖民統治者抗爭，出海被巨浪吞噬生命，享年三十歲。他們的英年早逝換得後世無窮的佩服與景仰，激勵了一代又一代的勇士捍衛人生信念，而他們的作品也同樣光芒四

射，照亮了一代又一代人的心靈。在有限的生命裡，詩人英雄們對生死的抉擇重現了特洛伊戰士的執著——與其沒有榮耀的長壽，不如和命運拼搏，活出光輝的短暫生命。送走了三千年前的特洛伊英雄，揮別了近代的浪漫派詩人英雄，他們流星燦爛般的生命，「像珍珠般撒落在這個世界上」。「詩魂貫古今」——這世界因為他們曾經造訪而熱鬧非凡。

人生的意義和價值何在？有限的生命，究竟如何尋得超越，又在哪裡尋得靈魂的歸依？生命型態和內涵更趨開放和多元化的今日，我等普羅大眾，戰場不再是創造個人榮耀的惟一場域，捨生取死的悲劇也非宿命。不管是追尋子路等人的兼善天下，或是嚮往曾晢的淡薄心志，只要找到正確的人生方向，過得有意義，不虛度人生，反思後或可為個人生命存在的意義找到圓滿的答案。

延伸思考

1. 你追求的生命型態為何？

　(1)是追求榮耀，讓生命發光發熱？或是雲淡風清，與世無爭的生活？理由為何？

　(2)或是其他生命型態？理由為何？

2. 憤怒常常讓一個人失去理性的思考，如何控制自己的情緒，培養高EQ？

3. 假設你是《伊利亞特》的赫克特，明知出戰必死，面對妻子苦苦哀求藏匿偷生，你會如何選擇？

⑴選擇捨身衛國？或是以家人為重，盡力求生？理由為何？

⑵或有更圓滿的作法？理由為何？

國家圖書館出版品預行編目資料

文學與生活／王淳美主編，王淳美、羅夏美
、張秀惠、高碧玉、施寬文編著.
--初版.--臺北市：五南，2013.03
　　面；　公分.
　ISBN 978-957-11-7053-4（平裝）

1.國文科　　2.讀本

836　　　　　　　　　102004573

1X3G　通識系列

文學與生活

主　　編 － 王淳美

編　　著 － 王淳美　羅夏美　張秀惠　高碧玉　施寬文

發 行 人 － 楊榮川

總 編 輯 － 王翠華

主　　編 － 黃惠娟

責任編輯 － 蔡佳伶

出 版 者：五南圖書出版股份有限公司

地　　址：106台北市大安區和平東路二段339號4樓

電　　話：(02)2705-5066　傳　　真：(02)2706-6100

網　　址：http://www.wunan.com.tw

電子郵件：wunan@wunan.com.tw

劃撥帳號：01068953

戶　　名：五南圖書出版股份有限公司

法律顧問　林勝安律師事務所　林勝安律師

出版日期　2013年 3 月初版一刷
　　　　　 2015年 9 月初版二刷

定　　價　新臺幣300元